吟先詩集

吟先・著

作者簡介：

吟先

台灣藝術種子老師
台灣陶瓷藝術種子老師
工藝藝術指導老師
藝術教育工作者
國際藝術節委員
台灣影視演員
民族音樂舞蹈戲劇教案設計工作者
台灣詩書畫協會委員

目錄

壹、新詩集

花語

〈蝶花戀淚〉

是花是蝶萬千思淚　胡泣煙塵隨風飄墜
奔夢迷離芳心可遂　欲語還羞紅樓不寐
旖旎清香美人嬌媚　一株爛熳連宵魂魅
闌干待月仙桃枯萎　幽曇轉瞬飄零風吹

〈春寂〉

梨花春寂，不染塵，落影瑤池凌波碎。
杜鵑哀啼，羨鶴侶，陶然韻神舞蝶對。
輕風似剪，雙夢隱，羞薇黃月逐心肺。
步月中庭，願靈犀，情戀撥弦永不悔。

〈情花〉

樊梨夢，冷梅紅，清寒微霏雨。含羞意，相偎夜，活潤心幾許。
出塵荷，癡香藕，兩鶴交頸愉。有情花，美佳人，柳搖盼重遇。
尋千里，棉線繞，輕笑隨風去。天涯念，寂寥星，扉別愁紛絮。
簾鈎影，肝肺藏，悸動相思女。淚痕起，冀雙雁，凌雲仙伴侶。

〈梅願〉

清無染，雪人意，三冬月盼，行影怨孤單。
淡不粧，暗香吹，小樓一望，雙雁夢回殘。
風薄水，冰霜骨，倒影瑤台，可堪梅凌寒。
兩連山，同心願，玉蕊雲輕，箋吟著意歡。

〈梅竹情〉

雁過影，翠蓋森，梅開並蒂，情曲竹花殘。
落花泥，勁節冬，一撫冰心，鳳蝶凋零漫。
堆病腹，狂風飄，冷倚雕欄，經霜意將殘。
照病容，暮歲單，見橫斜影，粉染夢境般。

〈花間〉

虞美人
輕柔笑意
柔化的唇線
探測的目光
眸子迎向心岸
履履飄來魅惑的香

〈懷袖〉

醉逍遙　銀花璀色　夢尋應哪處尋？
望月愁眉　紛華洗盡沐心
雲飄處處　飄櫻似落雪顏
亦柔情　夜闌乘風　醉煙飄翠逸
回首迎袖懷香　冉冉光年戀鍊永不悔

〈微顫〉

縷縷的白煙　出水芙蓉般漾
兩簇熾烈的眸楸　緊鵲攝人魄魂
萬浪揚波依潮往　摟了錦綠　如荷袖嬌柔的飄落　迎風微顫

〈花語〉

是誰賦予花顏　又能否言語
而當花容老去　心將落滿地的花雨
十樣花　花實漾　誰又眞能揀拾
花兒漾漾　一枝花開半碧天
點點夏姿誰見憐　五月撥初弦清韻惹風顚
黃梅落雨疾弦長　雨疾弦長泣斷腸
腸斷泣長弦疾雨　長弦疾雨落梅黃

〈泣玫〉

手握著是一朵紅玫瑰　是希望
希望那是永恆的依戀
爲保有你的名　庚寅年的四月天
是被摔破的花瓶　破碎的心
眼望風夜夜詩吟的無奈
我——變成　哭泣的玫瑰

〈天上人間〉

謁金門　天上人間
楊花墜　江浦暮煙浮春水
蘭草紅花輕點綴　逸馨添秀媚
新雨柳堤含翠　舊夢昔音幽娓
天上人間今何似　許如痴如醉
天上只一瞬　人間已千年
一江橋畔　夾岸楊花飛起
凝眸……難思……

〈蝶戀花一〉

一樹桃紅春底事　雲澹長空　片片花箋字
昨夜屛帷風縱恣　輕簾亂錦難成織
吹面荷風春已逝　波綠池塘　點點扁舟子
今日欲言言又止　一輪東月還如是。

〈蝶戀花二〉

滿眼飛霞紅日暮　偎繞春花　彩蝶双双舞
梁祝昨夢今幾處　隨風淡逝來時路
一夜清宵愁小住　飄冉晨煙　託寄青青樹
過盡清明時節雨　留春伴我春不付

〈孤梅〉

月明千里寒梅引

風細孤峰晚菊依

〈瘦梅〉

一種嬌羞柳撫纖　輕盈嫋嫋舞風簾

弄梭似意爲君夢　瘦影佳人有情添

〈寒梅情〉

近苦寒月，惹夢雲，水蒼茫隔，逐風清。

雪滿枝頭，雙蝶隱，滌我愁腸，悵別行。

花箋思長，何事悴，忘夕今晨，盼日晴。

微雨梅羞，窗透深，情引緒長，轉淒清。

昨夜花魂輕入夢，今宵月影兩相同。

〈憶秋雪梅〉南柯子

塵事湮波夢，梅寒盡已冬。
水隨枝骨喚天穹。
落日惜花羞見、怨東風。
舟渡清秋過，凋零滴滴桐。
冰晶音絕雪顏容。
一片詠思燕鏡、織重逢。

〈鳳隨風〉

影翩翩　欲比肩
雲輕於飛燕　燕飛於輕雲
風絮詠　詠絮風
翦秋水——雙眸
露春蔥——十指
隨鳳
隨風

〈彼岸花〉

霜雪悽寒又盡冬　斷腸花冷淚稠儂
香閨輾轉孤舟漫　一別西風盼再逢

〈墜思〉四犯令

瘦損閒花千魄墜，畔月鵑魂引。
不堪凝思尋芳訊，淚如霜心猶醉。
依菟絲憂風不寐，無盡情天問。
雨澀緋櫻穿燭碎，知花語君卿慰。

〈思夢〉

一枕梅花飛夢感
半窓竹影繫思搖
月斜風靜香肌夜
深院含情醉頰宵

〈桂情〉

蕭蕭楓葉影斜暉
寂寂離魂風晚飛
桂兔千情明月後
欲吟先淚小薔薇
傾城願與隱棲同
浪漫晨昏　靜的甜蜜
迎曉相依隨風難熄
晨有露　夕成風
夜夜月
都是浪漫
尤其是——中秋的月與夜

〈無盡的愛〉

思夢
雲言不憶
不言雲
思幻深魂
深幻思
心願一生一願心
難離似我似離難

〈花淚儂〉

孤林夜，傳畫筆，遙望雲山，何處覓顏容。
兩岸秋，空歲月，自憐彈鋏，把菊花淚儂。
如天遠，香夢去，明月淒涼，可惱卿自庸。
似海深，生憔悴，箋愛夜長，斜髮斑無蹤。

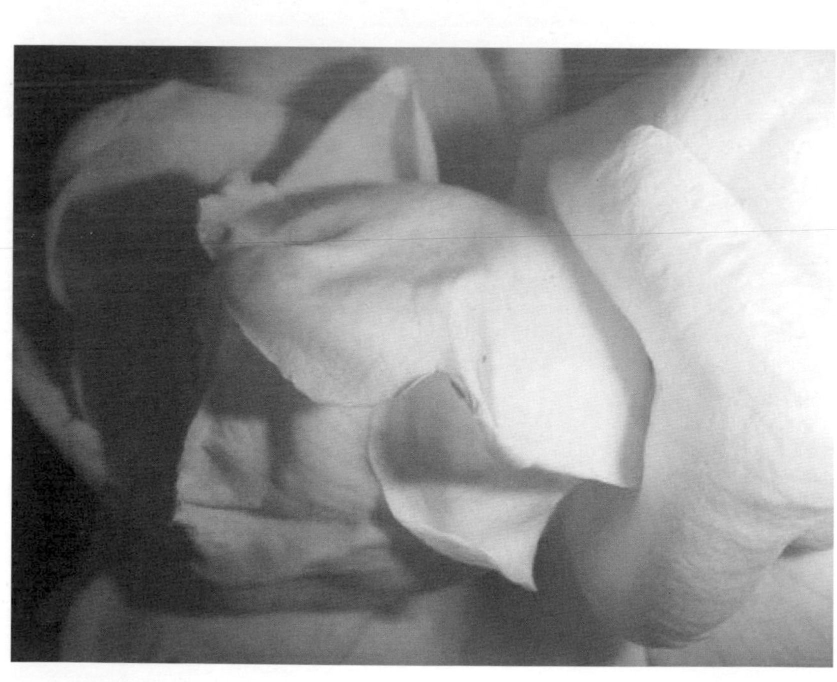

〈風〉

一枝弱葉
兩行花淚
不染纖塵
風
清影
著我扁舟一葉
蓮
夏盡秋芒
再斟醇酒
空翠渺煙
今宵依愁
多少春花秋月
幾多斷腸
莫問落花

〈漂鳥〉

柳魂雲網暖懷眞
竹影月鏡稀驚人
幽幽萬水濃濃意
秋楓宮冷夢戀塵

〈懷羞花語〉

若勝如奴
花還解語無
不知君能否解花——懷羞
懷抱天地
猶似含羞輕放的春梅
聚散依舊

〈桃扉〉

仙風嫋嫋繞桃春　愁見魚書曉夕晨
怕有玉容花落醒　斷魂孤對照離人

〈思情花語〉

紫藤花語
爲你執著
心痛
唇輕啓
眉眼抬
幽思深懷
如蝶薄翅畫心
虛無
輾轉凝月劃星空
語曰：昨日看花花灼灼　今朝看花花欲落

〈今宵〉

月光似幽靈的灑下今宵
輕舟飄揚的歲月
悠悠然漫透
鏡中花譜出虛幻的色彩
奔馳著屬於浪漫詩人的瞬思
天際繁星點點
雲朵來的眞不是時候
迷惘了樹影婆娑
披髮夢幻的香
裊裊精靈
藏於花間不可言喻的秘密

〈今宵花淚〉

樓外冷梅風淡佇　人在浮香處
燕兒飛　花芬芳
南風吹　覓萍蹤

似海深　生憔悴
箋愛夜長　斜髮斑無蹤
燕呢喃似呢喃燕　許是春日蝶眷戀
玉羽唧芳滿室芬　舞衣攘袂最銷魂

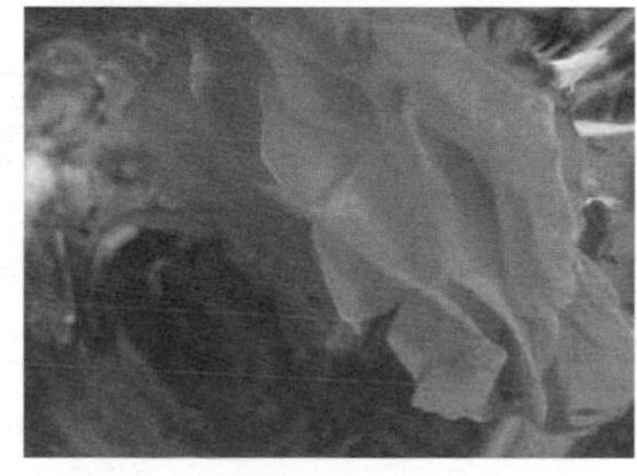

〈告別詩詞〉

這是最後一次爲你寫詩了
我（吟先）絕不與百花競芬芳
我（吟先）絕不求憐
薔薇輕綻　薔薇花開　薔薇枯萎
記得
我死的時候　在我的墳前放上一朵小薔薇吧！
薔薇花開
登度彼岸　再次回眸
維繫眞情　愛慕溫柔
夢幻幽思　靈魂蜜意
香甜的吻　酣睡珍藏
似火的燃燒　夢裡擁抱的鍊
被相思撕成碎片　摯愛的薔薇
微風吹來　我愛
搖動了狂跳的心靈

掀起了雲天的柔旭
爲你　紫霞熱情的薰光燦爛
爲你　翅翼傾吐嫣紅的雙頰
抓破空間　我夢囈著你
親吻的一瞬　含著熱淚
未嘗不是愛的酵母　爲你
好比一隻無羈的鳥　爲你
閃亮了嬌媚的眼　伴著天涯
愛是寂寞還是酒　讓我先想一下
年復一年　月復一月　日復一日
我的心　等待的心　情何以堪
明日又天涯

心夢

〈月弦曲〉

柳岸鶯啼　濃濃晚雨露微涼
千山雪寒未歇
隨風颺彩　香殘靚妝
涵天一輪明月
歲歲長嘆
一汀煙雨　今夕何夕
曉夢露梅　偎瑩風微
誰人默亭　幻化那清雲數點
花月良宵　一夕舊夢彈弦曲心
彩芙蓉　舟轉雲　飛滔滔
日落潭　映窮遠　撥情寄雁
屛開一扇盼風　等魂

〈幽靈如風〉

幽靈身影如風
觸動隔窗無眠
心間的線起伏
不知歸路月光
沉醉遠去背影
雲霧稠濃捲隱
鳳凰隨影花落
不如醉斷紅顏
幽兩眼見淚痕
桃源淘滌歲月
夜琵琶幽蘭意
雲彩擁抱春雷
夢裏覆蟠銷魂

〈宵若幻〉

望緣凰君可知否
沈魚雁飛向上天許一個夢
讓人間癡個相思
魂夢怎渡愛
醉臥情關情若兩悅意綿綿

〈幸福的味道〉

思長瑩　凝曲離　魂夢問　未語濃
風留燕　淚吟琶　舞意濃　深聽雨
思情湛妝　紅清照琴　君依笑

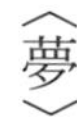
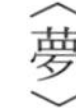

〈夢〉

在風中低鳴
亦在雨中哭泣
只是低訴那
逝去不再的風花雪月
如此美麗不眞切
如此虛幻活生地
在夢中亦如夢境
So today ...... so yestaday.......

〈魂夢〉

沉魚雁飛向上天許一個夢
讓人間癡個相思
魂夢怎渡愛
誦讀著信箋
熱血在周身沸騰
心靈更爲狂跳
掀起無限愁緒
雲天遠隔
孤寂中向著天際遙望
親親
祝告無恙
黃昏
青草密密掩著
無限荒涼
輕輕
掉了幾滴清淚

〈如夢令・魂亂〉

魂柳寒光魄亂
絲夢只癡難斷
獨夜瑟風簫
不忍憶空輕嘆
牽絆　牽絆
還醒恐驚情散
如夢令　遠
寒露風餐秋宴　蕊舞夜雨金殿
菊逸縱悠籬　無力枯筆今硯
徒怨　徒怨　天北地南途遠
輕嘆

〈仙隱思月〉仿少年遊

宵深月語，輕搖湘竹，思嘆鳳星穹。
蝶痴一縷，南柯如夢，依翠羽迎風。
怕觸雲影，不堪南北，麟淚冷梧桐。
兀坐西窗，雁飛腸斷，獨翅隱仙宮。

〈情弦問〉

多少繁華夢不成　寄懷心月淚珠生
似弦猶撥隨風意　音繞悽涼輾轉驚

〈咽不睡〉

夢悲醉　盈把月盼
亂魂寐　拂風意　黃昏繫詩
相思墜　相思墜　燭影透窗
淚

〈語意〉

猶迴夢影
愁捲弦琴
誰心語泣
露草穿暮霧
愁捲難憶
往夕寒瞥
牽引還吹
歸人莫笑尋覓

〈燕吟〉

風留燕淚吟　瑟舞意濃深
聽雨絲情湛　妝紅清照琴
君依笑夢心　那奈銷魂尋
妾寄飄零絮　影隨靜待音

〈四季情夢〉仿花木蘭

三春掛月輕雲夢　一世生風情意重
無端燕蝶入煙中　爲問梅心傷雨送
詩人映醉凰配鳳　魂墜誰移花骨弄
萬想塵荳蔻相逢　雙水畔鴛鴦悸動

〈春夢今宵〉

日出煙雲吟賦詩　杏帘賞景一彎期
迎眸隱隱迷春夢　回首悠悠擁玉姿
繾綣合歡歸鳥夜　慇勤比翼晚風隨
忽驚候燕銀蟾盼　繫思今宵似弄枝

夜訴

〈多惱河〉

藍藍悠悠的流著
訴說著
日夜無盡的音韻
但多惱河若成
流河多惱呢

〈夜曲〉

撥開雲霧　清醒迷離的靈魂
銀月模糊　倒影交纏在這寂靜的夜
髮髻黑瀑直洩在肩頭　鑽進懷裡

〈夜深戀曲〉

夜深琶曲鬱嘈嘈　顧盼西牆意緒糟
獨自傾杯聽悴淚　默凝菱鏡月輪高

〈月光思弦〉

深梅吟，迎寒撩冬思撫弦，輕愁。
薔薇心，挹露一枝紅更堅，含羞。
柳絲涔，風回淚闌干飛雁，等候。
月光尋，水靜奈何天未眠，悴憂。

〈輕舟的月光〉

歲月的輕舟游移　襯映著微風
淚眼愁惘住　幾許披髮和影
水煙搖曳　浸沉湘夢　傾訴隱逝
凝月謎霧波濤再起
如輕蕊　如吻　如短暫駐足的戀
浪漫祈求恆長若如——
紅樓不願夢醒　記憶的腳步望斷星河
問我紅塵情事　而我依在月光下飄蕩

〈孤月〉

愁閒拂東風　柳綠幾聲歌
人猶在　聽花泣曲淚容孤枕
影月已朦朧　承載幾多愁

〈醉花陰・吟月靈犀〉

醉入仙宮冰豔透
小吻銀絲繡
含露夜誰依
渺渺輕盈
獨抱琵琶奏
愁宵欲寫相思扣
消盡花容瘦
悴淚月靈犀
憐楚瀟湘
輕夢迎風候

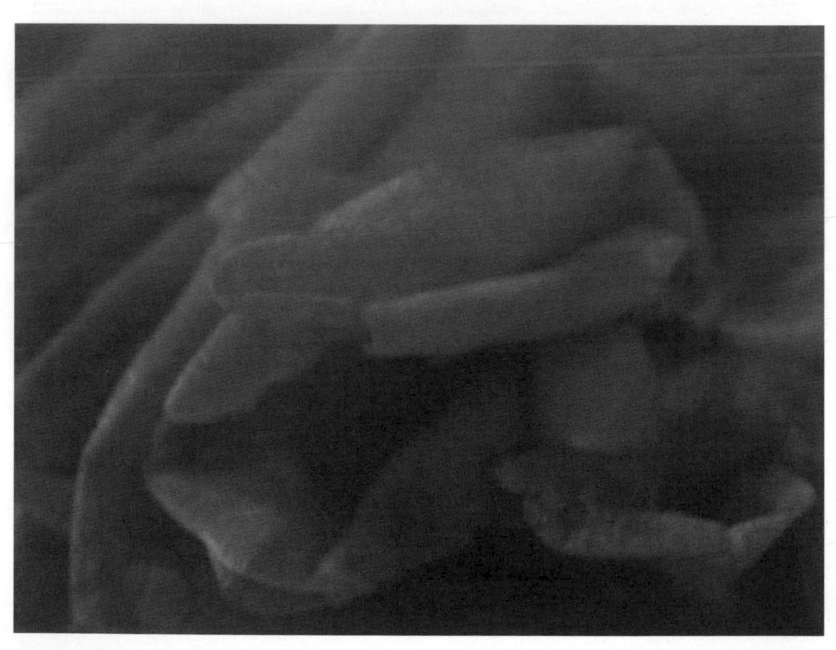

〈曉風燭影　錯愛〉

交錯放時空的轉移
物換星移
再次超脫
夜長無盡止
念
斯人何在
更闌人靜倚窗前
愛情路上尋尋覓覓
你的深情牽動我心
盼能眞心相伴
直到永遠

〈憶思君〉

今夜雪，多少幽夢，冰弦愁依悴。
憶春宵，芳思難寄，霜紅痕輕綴。
誰識怨，情戀東風，乍起芙蓉醉。
凝寒月，卻又多情，斷魂猶不歸。

〈莫負儂〉

幽居自覺隔阿儂　綠水人間凝月蹤
雙蕊銷魂催並蒂　願隨淚戀送芙蓉

〈素女弦〉

風催泣雨薔薇咽　夜愴殷霄素女弦
五十弦歌揚錦瑟　堪彈桂魄冷誰憐

〈翩舞〉

東風寒似的夜
輕隱一絲縷
昏黃入晚未眠的夜來香
小窗往事總暗別
戀荷憶淚雨
網迷住了來自春天夏蟬纏狂的想

〈斷腸思燕〉

夜深氾濫思愁眷，舞風雲倩。
絕巔孤負今宵短，魄魂情款。
知吟遙見痴心燕，月弦爲伴。
窗蟬聚散琵琶願，斷腸穿遍。

〈癡〉

消磨歲月千河震
笑傲乾坤一月高
夜深人靜
倚門外望
痴痴等待
惆悵相思
掙扎別離

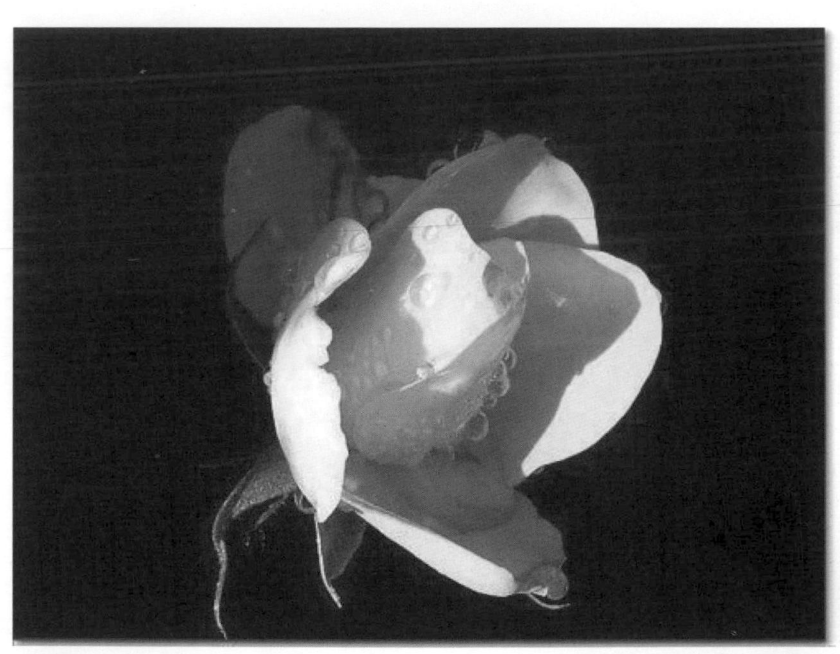

〈雲難斷〉

輕盈塵步　煙宵漫
載燕晨喚　春水寒
綺窗絮前　淚夜曲
霓雲難寄　淒夜殘

〈調笑令〉

初騁　夜寧靜　垂柳隙中偷月影
流光透白湖如鏡　清照今山孤嶺
江風吹落銀屏冷　明月一輪相映

〈琵琶淚〉

愁煙深煉問紅妝
萬籟賦難盈暗香
蕊獨長夜魂漫舞
何人隱約撒心傷

〈雁難飛〉

雁南飛
雁難飛
心揉碎難歸
爲了誰
吻——靜夜
疑汝黛眉
漾漾流光
黃昏獨舟漆黑——靜月
疑汝爲我淚流心碎

〈七夕情〉

昨夜三時淡淡風
身逢七夕戀花紅
十分荷影相親意
直把雙人月繫穹

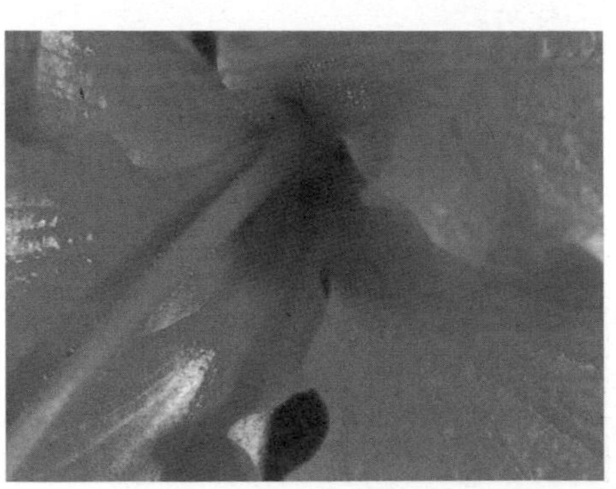

〈夜未眠〉

燕不歸　夜未眠　憶愁逐雲
還夢繫　黎明不語　凝凝絕鳳摧緣三散
莫吟怨　醉了還醒　又經年歸思眷　萬悽悔

〈風雲孤影〉

何問吟君孤影囚　輕雲燕去覆清舟
誰憐半夜芭蕉雨　風月關情送客愁

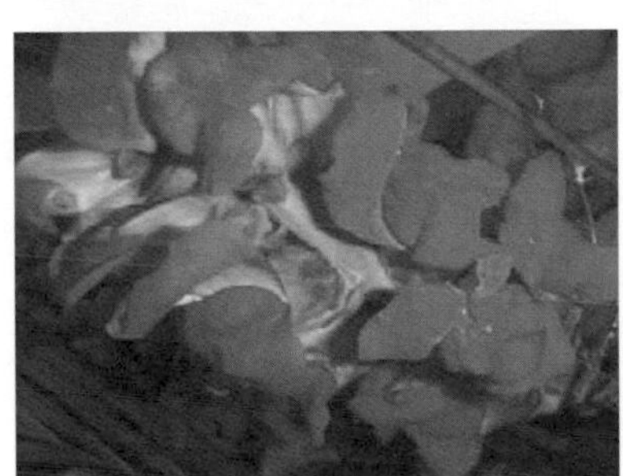

〈等月〉

嗯
新生綻放於心坎
在陳跡湮沒處
新墟以其鮮豔展開
一劃破虛空
如何才能讓心境沉澱超越自我
一彎新月夜語深
一劃破虛空——如何才能讓心境沉澱超越自我
果然盡解我意！
劃破的正是——深夜難平的心空
我喜歡……豆娘……喜歡她悠悠哉哉的飛翔
鳥語花香自然相逢
怕就怕這波等待，會不會就此幻成化石

〈月光愛人〉
月光愛人猶似你捉摸不定
昨夜輕輕入夢中纏綿幽纏難離驚醒
我淚濕滿面……

〈柳梢青・今宵〉
子夜今宵，輕愁又擾，心雨如澆。
欲淚先吟，忘思難畫，簾裡人嬌。
千層絳柳煙迢，絮似杳，隨風折腰。
十里長亭，一輪玉月，誰共無聊。

〈風月舞〉

風
欲飛舉
浮雲梨花深蕊情
教夜醉長懷抱思夢迴
輕親芙蓉花影誰憐先清淚
夜驚荒寒念念悽惻難安稠絲長
尋燕冬梅卿心殘眠終不悔
煙盡處影透窗自難忘
舞弦飄逸是沉戀
搖步北苑約
流星伴
月

相思引

〈勿問〉

孤獨仙歸處
沙鷗點露隱
多少身世疑
秋月勿問夢中人

〈相思令〉

相思令曲曲思弦
明月亙天心　相思令

〈思難揭〉

清顏難渡　獨傷風月
思難揭
雲漢更迭　丹心長在
含梅紛
綴輕夢煙　撥心詩闕

〈相思引〉

半湖春色一江春　兩片朱脣爲染塵
交頸鴛鴦嬉水上　三生石上競留痕
千枝意濃秋一點　盡知來葉落時多
夢裡瀟湘　心　誰懂

〈相思〉

一縷相思纏在我的髮髻　濃鬱的烏絲繫著你的夢
滑溜的長舌輕輕地吻起　靜靜的目送月光的別離

〈吟魂思〉

宵若幻
望緣凰遠聽難繾
蝶愁涼滿簾低吟
輕魂醉一杵遙知
暗思量　吟先詩
由來千古意不在七弦間

〈遣懷〉

一半相思一半愁　一回夢裏一回柔
一江月映一江恨　一點消魂一點囚
一夢依偎亦難捨　一旦離魂亦忘我
一歲沉吟亦斷腸　一燕猶記亦弦撥
病非病　情非情　朝雲思　暮雨夢
送迎凄涼悒鬱事　還來相思雙淚盈

〈思心〉

素月肝肺心
輕輕嬌羞牽
梅飄曉霜咽
怯怯幽思弦
昨天夜未眠
想了
把一縷相思
輕衣似水
雲心難斷
牽纏寄語愛卿情
眷戀繫思懸不忘
聆風引醉相思弄
臨暮同吟共與歡
花到長冬千蕊凋
向尋千百度
野迢迢

一縷因風輕如飛燕
風吹柳絲絮
燕起水漣漪
夕殿螢飛思悄然
孤燈挑盡未成眠

〈幻之曲〉
絲竹樂總是輕柔的令人感動
有時還是會深入心觸發真摯的情感
一直都很喜歡——
月影香箋已亂　夢心剪葉絲弦　均愁文賦縷雲煙

〈遙思〉
一股熱的力　刺得我好痛……
如果可以　將心靈別上兩片輕羽
順著和風遠走天際　直到生命沙漏的另一端裝滿真心……

〈桃緋情〉

紛膩紅衣，遙望桃腮，鳥語頻，銀漢神宵眉凝月願。
卻識傾城，偶隨夜思，慰寂寥，詠懷煙波緒落無怨。
娥眉才子，細數芳菲，契相知，腹心隱蕭輕雲渺遠。
風情倆意，畫景新春，鬱全消，魂縈娉婷仙戀纏綣。

〈天水思情〉

迢迢天水擁孤春　似我靈芝匿戀塵
謫夏銀鈎藏幾許　畫眉腸斷是佳人

〈心荷〉臨江仙

望日荷花迎夏　流星柳絮思情
同心雲際默風輕　鬢絲文隔岸
毛織說山盟吟先　穿雲星可見
疊翠復何加半飲流光水
千峰一月華嘆一氣　櫻花飛羽層山中
影映嫣紅

〈夏憶秋眉〉

唧唧蛩音日寐尋　曉雲無際九重深
燕飛臨別夜難禁　鳳舞懷思磨似刃
心扉絲戀怎堪淋　紫薇輕綻爲知音

〈燕思語〉

幽幽七里香　窈窈朱顏絕
惟在有情時　不讓相思揭輕吟
徐徐伴我　春弦燕穿語　燕寄然　花芬然
默看晨起又黃昏　翩先然

〈凌雲〉

趁東風，舊雨重逢，凌雲夜行舟。
一枝花，窕看春桃，浪說不可留。
香箋催，知卿猶憶，網收難回眸。
孤吟月，夜盡心傾，思波翠欲流。

〈撥雲〉

光寒露草長　色潤落花傷
踏雪思君亂　撥雲秋水茫
心窗丹殘　秋風柔轉拂面
淡妝微歎　琶琴閒雲輕綴
滄田如此　默默桑桑
輕柔片片月靈犀　枕畔今宵影更低
思去雲風千萬里　吟來忘寐共晨曦
烈火般的愛戀　你說隱約深藏的愁懷
都將化爲一縷悠遠浪漫
回憶輕藏

〈輕吟〉

丹心可鑒如今月　雅賦輕吟對北辰
忘舞雲門邀翠羽　逍遙天地似神猶
似落楓紅血淚濃　飛雁游鱗朝暮思

〈薔薇心靈〉

問天天不語　海濤應我
春花不再　爲何寫講義的手停止了
但　停不下來對妳思念的心
女郎啊　我心中的維納斯妳在何方
悲輕嘆　恨輕嘆　輕嘆情依舊

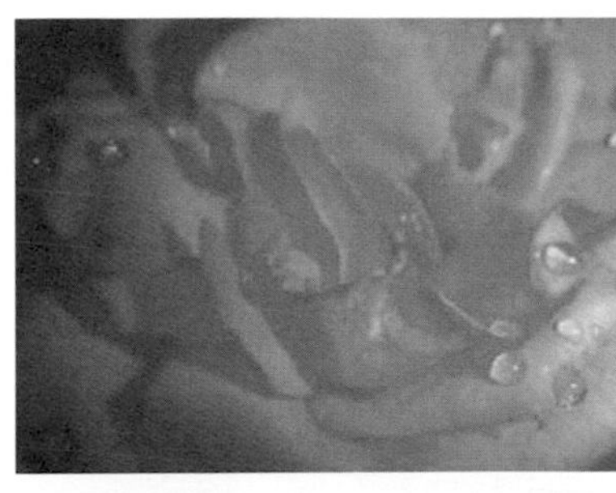

〈思〉

不寫情詞不寫詩
一方素帕寄心知
心知接了顛倒看
橫也絲來豎也絲
這般心事有誰知

〈採桑子・偶然之間〉

風飛花舞輕聲顫　憔悴容顏　憔悴容顏
雖是清思　一醒烙華年
流雲浮去層巒翠　直上青天　直上青天
愁剎魂離　只在偶然間

漏盡星飛頃別離，
細將長夜說相思。
別年又有新愁恨，
不得重提舊怨詞。
——鄭板橋

〈千鶴紙〉

一彎新月　似霧中花
綠楊金風　千鶴紙繞

〈輕千絲語〉

腮頰淚懸輕輕
千絲落愁春秋
襲面已皺年華
執著旋繞透層
雲栓繞迷惑心
飄浪騰龍雷起
寄煙塵思一方
往事雲痕渺渺天　何庸記掛在今前
殷求玉月無圓缺　別夢驚鴻一瞥間
淡淡心輕輕似羽　幽幽影落落華年
閒來誰看紛飛艷　轉瞬清荷滴露懸

〈思念〉

愛情是什麼
一個動心　一點點的衝動　一個擁抱一個吻
愛情是一種感情
愛情是用心去感受那每一個瞬間
感覺很甜蜜
一個擁抱　一個吻　思念很溫暖……
西廂不醒紅塵夢　北雁輕隨春日歸
岸柳迎舟柳已斜　樓歌有女歌娉伶
還待滿載情……
嶺雲開　似水情　蜂蝶花間　偶逢意萬重

〈思引〉

孤懸莫觸幾番流　獨賞霜梅一瞬休
月浸千呼魂魄冷　星排百感斷琶稠

〈思愁〉

我來自遠方
欲乘羞澀的風
鶯啼燕語的盼
鴛鴦戲水總成雙
來自遠方的眼
兩地思愁望穿斷腸的憐
魂醒驚夢旎旖遙想柔的戀
來自遠方的墜
輕喚如許花寒誰弄塵染
年光凝處無語煙愁淚
似羞似迷綿綿幽思人間
你來自遠方
記君憶卿心
遠眺無際穹蒼
恨離離情覓覓
年年歲歲暗慌

〈長相思．秋初風歌〉

逍遙銀花璀色夢
尋
應哪處尋？
望月愁眉　粉華洗盡沐心
訴衷情
淨揩妝臉淺勻眉
衫子素梅兒荷

〈幽思〉

幽古默言　詩懷堪憐往事知多少
輕輕踩著　春犖絮咏的人間事
愛苗風雨　摧殘此刻花夜眠
相思情海　生命將如繁花似錦般地美麗夢幻情衷如你

〈薔薇淚〉

雲飄零　恨飄零　晚霧心寒　長憶星　聆盼似浮萍
思戀卿　寐戀卿　還問西風　勿別情　薔薇孤淚盈
恨飄零　薔薇淚　徐志摩　四月天　卿影何處人餘苦
潸淚肺腑亦不歸　吟先珍惜每個念與夢

〈簾後〉

最初的心是守在簾後　安安靜靜的寂寞
多雨的春天儘是無語　如鏡的沈默
柔梅彎月　子夜記今宵
愛情的眼睛　在暮靄襲來時啓明
嬌美的落日　如江上輕煙神秘
我的心　輕輕緊隨

〈風繫〉

繫風思引君　君訴雁翔憂
憂灑思引君　君訴月滴袖

〈天水思情〉

迢迢天水擁孤春　似我靈芝匿戀塵
謫夏銀鈎藏幾許　畫眉腸斷是佳人
謫夏銀鈎藏幾許　一顆紅豆十里薔薇

〈春思〉

一簾春，破夢曉，雲薄天涯，夜長吟仙鸞。
跨鳳親，還思來，一生袖手，羡鶴影雙看。
絕囂塵，地軸搖，昨宵同暢，情比素心蘭。
惜自珍，海山潮，遐逅相逢，恰似山河難。
月明千里寒梅引　風細孤峰晚菊依
如風低吟　先與我文
從未曾或忘妳清麗容顏　記得捧著小臉那一刻
願　時間於此悄然靜止……

〈相思扣〉

築夢心曲
柔涵古蘊花間穿蝶翩然
是夏日柳帶梅雨
含嗔
夏日何處歸　歸何處
相思扣　扣相思
扣一池荷塘的夏色
鎖不住紅樓
一季的清秋
相思扣　扣相思
環環扣扣　扣扣環環
正如卜算子
文回回文
又豈訴得盡那
巫山的一段雲情否

〈弦泣〉

去年春恨卻來時　琵琶絃上說相思
去年離別多惆悵　芳信隨風盪
情本一心盼天青　濃凝水酒願做儂
心心心念　遙遙遙天邊
情本一心盼天青　濃凝水酒願做儂
你選擇心流向何方

〈逢約〉

話離別　千層絲柳　人間情難收
重逢約　眶如潮水　一株似蜃樓
廢寢咽　卿思惹歸　擬把悶心頭
憶思量　不語含情　紅海錯愛憂

〈雲難斷〉

輕盈塵步　煙宵漫
載燕晨喚　春水寒
綺窗絮前　淚夜曲
霓雲難寄　淒夜殘
凝思著　恐你盼望
我希望吹拂著我的海風
也溫暖的吹送到你的面前
彩雲追月

〈思吟〉

綺窗絮前　淚夜曲
花燭案上　思清吟
月光如幽魂似的灑下今宵
迷惘了樹影婆娑
披髮夢幻的香

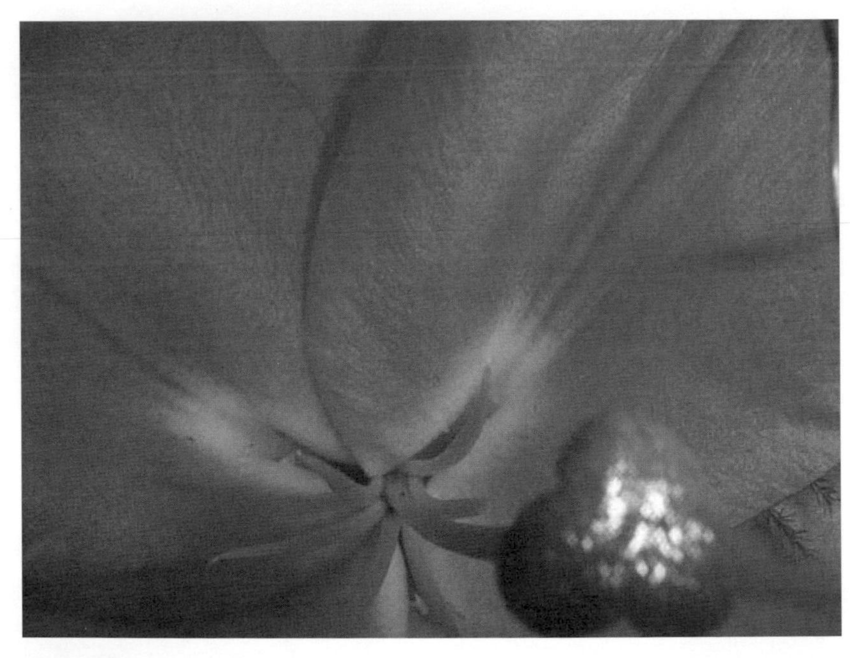

〈心路〉

在格寫著相思扣
心好像被挖空似的痛
被敲碎的花瓶
打痛的身軀
在三月杜鵑泣血
春江上花開時節
輕撥霓裳舞衣曲
攏　撚　抹　挑
婉約幽恨冷澀
凝望一輪皎月
撕裂此刻嗚咽的琶音
春風搖落嫩葉——淚濕透

〈呢喃風燕〉

燕呢喃　淚潸然
四月桐花星月黯淡
雨摧落瓣
翼殘長嘆
我醉疏狂風輕柳岸
靜思風鈴相思纏
雙蝶雲端
夢囈繫念別亦難
詩香吟月弦彈
青衣戀戀
淚未舒開暮雨紅妝意長箋短
塵埃胭脂醉過醒來琵琶相伴
春梢燕　孤負還
心結依然
相見恨晚
秋渡愁月春來燕

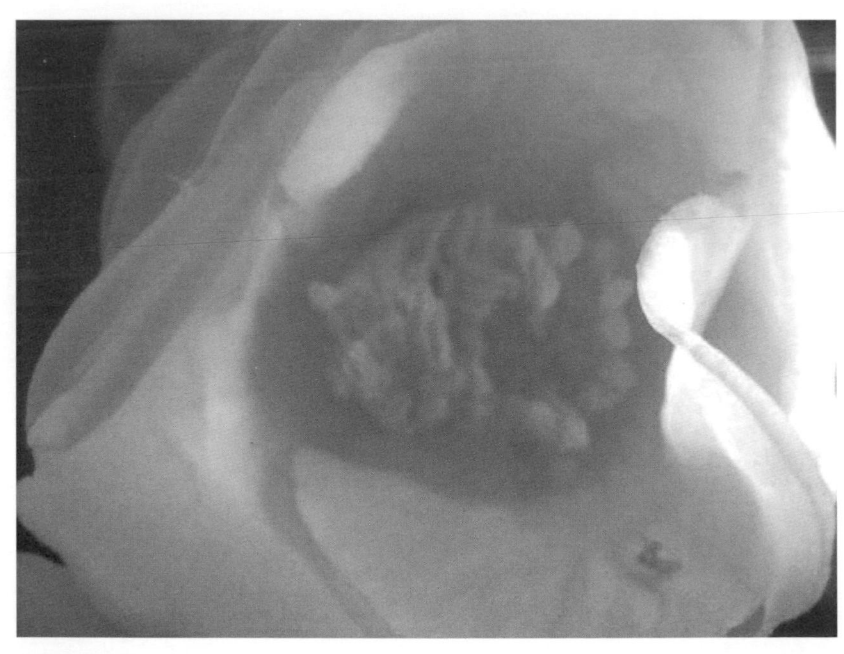

封影雲嵐思千萬
乘風
峻嶺崇山疊　勝形孤影封
環翠雲嵐蹈迻淙
穹蒼無際脈脈
石上微眠　只擬無冕輕軾
角斷陽斜　動觀子瞻眉山

愛是寂寞還是酒
一個命運坎坷的未來
多麼希望能夠藏在口袋擁之入懷
是希望也是理想與夢想
飛鳥和魚眞情的流露——何時再相逢
藍色的憂慮——我無言以對
共話今宵月
酒千杯

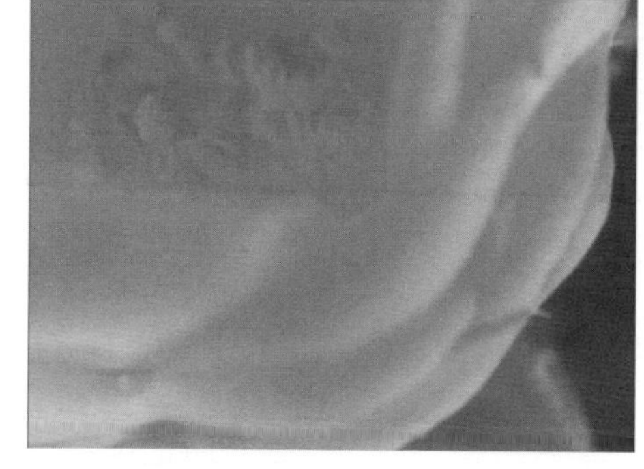

相思引「後記」

〈永恆薔薇〉

你說：清晨的薔薇　花露晶瑩剔透　雖短暫　卻是花與露日復一日永恆的交錯……

我說：緊追微稀的晨光　驚醒懸念　淚流的一個夢嘆過痕　海藍的天地　一彎孤冷的眉月

　　緊緊的追隨著我們　那一抹淡妝薔薇　爲你輕綻

戀戀風塵

〈夢仙情緣〉

香痕宮，凌波妍，娉婷秀色望若仙。
騷魂夢，魄熬煎，醉伴清吟繫情牽。
戀西風，雲霓旋，梅骨冰心似飛燕。
染亂紅，舞柔翩，水中鏡月說姻緣。

〈一顆紅豆〉

滿盞柔心，一顆紅豆，十里薔薇。
迎風飄盪，頻送嬌音，默入心緋。
新月桐葉，曙天柳枝，惆悵雨霏。
逆旅日寐，浮生人愁，雙燕伴歸。

〈夏憶秋眉〉

唧寂秋訊，凝夜來小雨，江月念遠，跫音日寐尋。
曉雲飄零，欲問花情愁，卻恨悲風，無際九重深。
燕飛荷影，嘆寒歲如夢，千里水天，臨別咽難禁。
紫薇心魂，默恰似今宵，與誰能訴，輕顫爲知音。

〈蝶戀花〉

仙謫天涯音訊緲。憶得紅塵，不語如風繞。
紅袖問年猶月照，緋衣迎夏今宵好。
春燕何干春不抱，風絮飛心，千夢依愁嘯。
欲語淚流花亦愀，濃情曉蝶多情惱。

〈夢蝶〉

化蝶莊周夏夢穿　寞寞柳影細絲長
晚來一片癡情在　憐惜孤鴛不見鴦

〈雲琴〉

淡妝微歎
琶琴閒雲輕緞
緞輕雲閒琴琶
嘆微妝淡
如何了得
嘆阿吟先情懷寄
夜何冷
念念戀
天邊海角
千千淚
一念咫尺間

〈魂夢〉

因爲心中還有你——
醉臥情關　情若兩悅意綿綿
獨自情深　亦已雲淡雨歇
魂夢怎渡愛
愛是苦　離是悲
兩行淚來　氾濫憔悴
深情無助的吶喊
誰動我的心弦
蝶夢　風中飛絮
爲你說了我願意

〈孤啼〉

淡碧風輕陌縷衣　深聽還記曉難啼
乘濤夕晚寒樓雁　冷月千山莫咽疑

〈戀戀風塵〉

風塵誰戀戀
溫柔　觸感吻火
喚醒了沉睡的記憶
戀戀風塵　如濃墨似
狂風　爲何空間又塞滿了
熱

〈春意〉

花心入蕊日蕭蕭　伴我輕風度寂寥
獨影依懷悄幻夢　描黛永裕避紛囂
三月南寮古道春　和風吹綠小山屯
行來寂寂無喧客　唯有悠悠月照人
落花春做嫁　意無雙

〈荷戀〉

文　天之涯地之角
吟　地角天涯　永伴雲飛
而你是我的眼
湖心汎綠波　歲去一如梭
月盪春江去　輕吟子夜歌
花語　是誰賦予花顏
又能否言語　而當花容老去

〈熾〉

熾熱
虛弱的聲息漸微
纏繞燒化的雙影
飄落
瞬間蜜色誘人長睫
漾火飛煙粉嫩的唇
撫過九霄

〈絲風玻語〉

雙燕十二並蒂
天水苦春花
奈風不閒霖
菲霏自來香
金閣寒草言暮弄
蕭容直奔風中泉
且一曲美芙蓉
豈否競問留
三弄同天薔
重見墨客雲

〈眼淚隨風〉

眼淚許是隨風的無悔
關上了窗　再次學習無盡
不該是眼淚依戀在車站等待的回音
吟先——那年的冬天眞的很冷
我走了
一句　是不捨
在車站等了好久好久
這些親親不知道的眼淚
我輕輕的隨風飄送
回家後病了半年多
只爲那香在心底的眼淚
很高興小寶貝回到親愛的大樹懷抱
好好疼愛小寶貝
我欲言
我無悔……

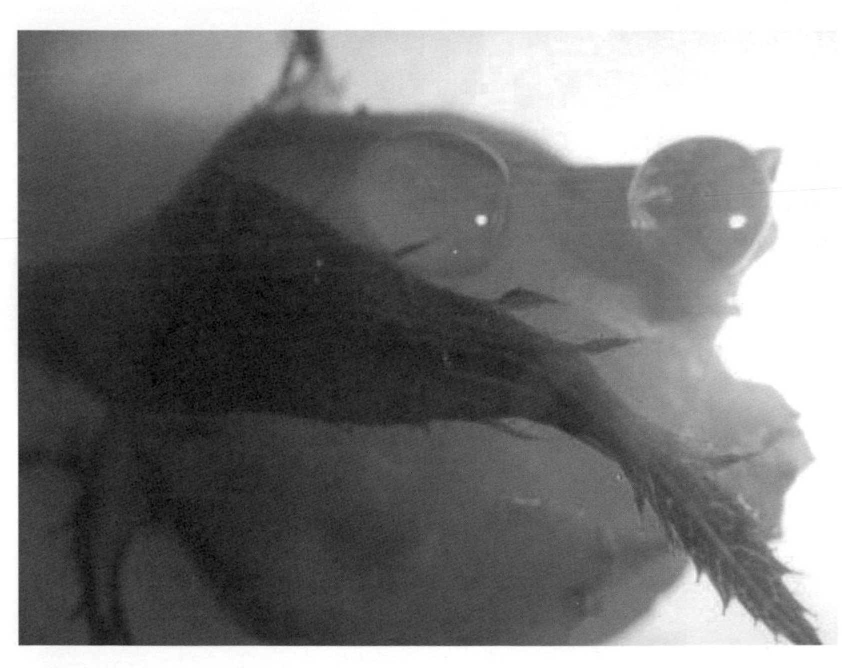

〈伴君天涯〉

執子之手相知相伴
白月冷花魂如鉤和淚
呑廣寒寒桂魄
一刻刻心痕
山巒百里
平水青帶束
笛曲天音弄疊
肖古士
空自異
芙蓉競出
水不與花春同

〈隱戀〉

如夢幻泡影
如露亦如電
如癡亦如青
在音樂與藝術的殿堂裡
我無語在乎的只在心中
秋水含情常慮遠
是風
是雨
是雲
是海
是隱藏深處觸痛了的一個距離
心跳的悸動
因著遠離的黃昏銜接著黎明

〈虞美人·離別〉

一江水暖夢　二月籬邊蹤
三世三生石　四時不見冬
去年離別多愁悵　芳信隨風盪
今年離別廣寒宮　吹盡秋淒
翠黛寄悲楓　苦年離別孤荷夏
燕淚潸潸寫　茫茫竹花盼眞情
欲說戀君待同行
南鄉子　不見月玲瓏
低枕華容掩脂紅　驚聽夜雨花泣曲
心忡　卻是無人共一盅
晨曉沐輕風
淡染蛾眉睡意濃　未拈金釵雲鬢亂
由衷　只盼郎歸此陌中

〈黃絲帶〉

凝遠遠山坡　望穿多惱河
黃絲纏幾許　殷盼更其多

唉　時光只解摧人老
不信多情　長恨離亭
淚溼春衫酒易醒
梧桐作夜西風急
淡月朧明　好夢頻驚
何處高樓雁一聲
水流任急境常靜
花落雖頻意自閒

〈秋風撫弦〉

淚雨西風，秋照花墜，欲繫縷殘。
兩娥摘仙情愁，倚闌處，把酒憑添。
青春寄，江寒冷漫，心箋歸期，撫琴還弦，
九里楓寒，孤影緋房，解情無計，畫意幽長。
擺渡難，空舟猶起，瀟湘月醉風。
東樓去，無聲體瘦，誰夢嬋娟。

〈知語〉

迎祥拜謁幽園逸
寄語知交勝境歡

〈怨風〉

萬紫霞光旭日紅
幾番愁酒入腸中
弦音五十千年抱
燕語煙塵怨夜風

〈雲間戀風〉

繡
紅豔
枝頭
絞月光
悵東風
寒花吐秀
倩盼眼波明
西風吹皺清澈湖
誰道花兒擁夢畔池柔水
儷影成雙眨眼是眞是情似幻
歲年悵吟葬花水雲間芳華濃款
雙眉軟玉窈窕墨灑丹青思緒如煙
飄邈山親碧水綠雲疏曉含珠紅戀香蓮
萬里水月麗研漫韻天成拂文懷秀欲問訊
滴露懸荷歲月悠悠往事雲痕往昔可追憶渺渺天

被寒孤枕緒亂紛紛夜難眠羽蝶重生水榭亭前他鄉夜夜
日久離愁絲絲堪收淚定心紅塵浮水映月羈旅情懷君可知獨留連
雲風愛戀別恨深深不知藏心沉淪千宵有淚晚風輕飄遠岫如絲弦
無言對舟曉月築夢煙雨恰堪落花飄逝悠悠向東江水漫看江岸
漾初入凡海懸心映月憐枝照露罩羅紗景夜星光夏染鳳凰
江潯花蕊襟懷顏色西牆影魂歸來飛雁千山長風伴客吟
聲揚塵事雁雙飛雲嵐翠色時逢六月猶念心竅戀風中

〈吟顏〉

吟　　　　　　　　　顏
似夢　　　　　　嫣紅
昨夜繁花共　今朝幾處同
不問塘蹤　含露而弄
獨留影歎匆匆
何用思濃
情難
送

〈隨風・月靈犀〉

海風流水生涯淨
山霧浮雲世事休
不分說　何分說
風塵恩怨　隨風

〈劍眸〉

雲淡憂　燕淡憂
凜凜寒光斬桂秋
徐君斷劍眸
不分由　何分由
紫氣英雄天地斿
舟刻難水收

〈細數人間〉

歲月如思念之河
靜靜地〈纏〉潺流著
天上月鴻魂織女
日邊秋燕跡飛仙

〈西風雁〉

女兒意〈芙蓉深院〉英雄痴
多少醉〈嬋娟戲舞〉悲無淚
化纏綿〈輕似綵雲〉一世情
笑莫笑〈跨紫鸞飛〉悲莫悲
愛與恨〈隨意芳草〉心中藏
天與地〈無言花落〉一聲嘆
西風起　照無眠　細思量
盼君珍惜

〈信約雁〉

兩雁秋翩信約存
三生石
一戀共沉淪

〈醉花間〉

你的信箋還寫著溫度
等待還在嗎
好怕
我與自己漫舞
那個爲你霓裳的娃娃

〈永續〉

階台還覆步颱揭
永字八法續自湧
秋去冬來
依舊春

〈等候〉

聲息寂滅蒼蒼翠微
落葉再次等候
刻劃妳羞怯
依戀
的
心
秋心愁
冬寒曲
淚和嘆
短暫的詩詞與生命交錯
吹來了一陣冷風
我尋風而過
修改詩詞的過往
彌補不了一顆眞摯的心
我——依舊沉默

〈冬季戀曲・絲長〉

日看雲天兩雁逢
目隨月老覓仙蹤
可憐起坐挑燈寄
想是絲長悴病容
我哭了
生活使我害怕起來
落霞薰紅
此時若有你並倚同看落霞
是何等幸福甜蜜
穿著白衣裙飄飄然
依著你　挽著你
臨風飛舞
去秋過痕的殘影
不能忘記　無法忘記
黎明時分
瞿然驚醒

看著你　短髮伏額
嫩紅的腮上梨渦淺的笑
蓬鬆的鬢影
晨曦微透進窗來
伏在你枕邊
在你香唇上
輕輕地
吻了

〈霓裳曲〉
一輪西殘落日
亂雲推捲
彩雲間霓裳舞衣翩翩
爲你
日月輾轉

〈雲蹤〉

細浪風吹擊　生涯萬事封
一江水暖夢　二月籬邊蹤
細浪風吹擊　生涯萬事封
一江春水暖　二月覓芳蹤
一江水暖夢　二月籬邊蹤
三世三生石　四時焉有冬
漸疊青峰裡　丹心一卷舒
沾風聆谷韻　雲瀑象之初
細浪拍岸急　浮生夢一世
一江冬水寒　二月找芳蹤

〈戀〉

一生一世言絲心
花謝花開今月雨

〈離人〉

滿簾低吟輕魂醉
一杵遙知暗思量

〈釵頭鳳系列・花仙子〉

輕舟鏡月微風飄
瞬息三千隔世遙
裊裊花仙拈步跳
繁星萬變稀微宵
焠鍊幽魂覆雨挑
縹緲疏桐寂曲調
蟄居寒暑鳳凰橋

〈舞情曲〉

百卉凋零落淚儂　珠簾驚嘆百心封
琵琶別後傳悲調　當許舞情比意濃

〈風蝶訴〉

從來風雨有時盡　莫爲離愁難解心
桃源淘滌歲月　藝悠悠　也憂憂
縷縷柔絲飄灑開去
日月双載何如問　蝶燕戀春花獨採
幾深陶醉　眼眸不悔
春的眷　留君歸何處
春將終去
眼眸深處留得幾回春
一心之念

〈輕煙〉

輕輕
輕輕
這殘陽
縷縷的柔
漸入濛濛煙雨

〈痕印〉

我是那麼堅持專情的漂洋過海來看你
雙印　走過必留痕跡
潮起潮落　煙飛煙滅
爲保有你的名
我甘於沉默

〈流浪之歌・塵埃〉

雪在沙上
一點一滴流失了夢的心
無名花的孤寂來自幸運草的陪伴
石冷殘陽溜下西牆
紗巾
浣染了
哭的青溪

〈風之語〉

多少滄傷獨自對月
詞問今多少意情濃
無須覷問別離心中事
畔岸喧涼飄紅萬點愁
滄水流西幾度照殘紅
長岸無涯無垠問柳風

〈繫戀〉

只爲因緣新月照
誰云繫戀暗流懸

〈夏憶秋別〉

芬　兩雁秋翩信約存
三生石　一戀共沉淪
寂寂蒼梧　沉沉柳
秋風秋雨愁煞人　小思一夜雨疏弄
蒼茫八月飛絮起　在水畔蘆花飛揚
在天空雲飄飄揚
雲淡淡　風輕輕
河畔的風放肆　濃烈油桐紛飛

〈秋痕〉

涵江三世蓼橫斜　別菊飄零靜向家
自是攜弦瓊月伴　天光海水跡痕沙

「災難感懷」歲在辛卯年仲春　吟先

春梅於颯颯冷夜——逢此天人永別之痛
冀盼如梅不畏風霜
堅忍毅力越冷越開花
吟先做此〈喚梅〉詩歌
祝福四海一家——相互扶持
天地有情人間有愛
天佑大地的子民
為臺灣祈福
助受難的人們，早點兒度過難關
為日本祈福
為全人類祈福

〈寒弦〉

曉迎日
半抱琵琶　夢如煙雨
夜闌蛩聲是否寒　濤浪離別悠悠
柳依星稀　秋落影單
渺渺輕風　冷暖堪嘗
地久天長雲飛翩然

〈靈犀〉

繾綣合歡歸鳥夜　慇勤比翼晚風隨
誰云莫有靈犀月　照水人間一百回
往夕寒晢　濤聲悲　如駕海
江樓詩吟　漫把春雷動

〈喚梅〉

天欲明，趁朝晴，唐詩一卷，梅蕊風蕭影緒紛。
星初落，已五更，陽關三疊，阡陌任尋劍情君。
語通靈，未有停，映竹窗西，何處相逢紅顏雲。
雨淋鈴，齒心冷，柳色初齊，輕喚弄花細爲文。

〈惹霜〉

云云玉月茵茵惹露霜
漣漪雙飛翦　箋字怎勘瀟湘
雨燕柳咽默默輕楊　輕攏思歇羨鶴影雙
縹緲寂桐疏曲調　蟄居寒暑鳳凰橋
鳳凰飛去梧桐寂　曲調重彈天上謠

〈無題〉

塵污燕水株缺金　煙鎖池塘柳
火銷水土根　日烘溪壑松
世間物古難全　塵鋪水榭楊無火
楊柳依依——炊煙裊裊
泮水離離——塵土風飛
銷鎖煉煉——燕銜梅江海
無口吐
空渡　難渡

〈西江月·天涯情〉

月影香箋已亂
夢心剪葉絲弦
均愁文賦縷雲煙
霏雨仙衣猶戀

〈柳冷風微〉

霏櫻軟柳冷風微　柳冷風微逐魄扉
扉魄逐微風冷柳　微風冷柳軟櫻霏

〈隱詩意濃〉

青丹心筆桐花墜晨　山遠日暮蒼淚沾衫
歲月風霜擾攘紅塵　茫茫天涯總問情難
郊春曳翠谷煙遙　翠谷煙遙野綴嬌
嬌綴野遙煙谷翠　遙煙谷翠曳春郊

〈曉咽〉

推枕影煙戀獨枝　春梅曉月露清池
晨星已沒畫心意　哭雨杏花煙怨吹

台語創作

〈思慕〉

碧天春容何時透心的影
夜夜跟你說盡思君的疼
滴滴珠淚雲清清意綿綿
眞情眞意怎堪是憂愁暝

〈永遠的五月花〉

白鴿絲的思思念念
五月花的辛辛苦苦
自細漢的搖搖惜惜
佇阮心的閃閃熾熾
阿母是咱永遠美麗的五月花
乎阮希望
乎阮心願
不管如何——
嘛要想起阿母十月懷胎時
人的一生無永遠的美滿
但你也是五月花的囡仔

對聯

幾番懷琥珀
有意醉蓬萊

比玉香還勝
如花語且眞

日斜塵拂繫
風淡泛舟牽

〈雲淡風輕〉

秋水含情常慮遠

玉山即景怎言輕

〈濤雲〉

靜聽濤聲嬌月影

遠瞻風翠暗雲情

〈風影〉

湖影勝如鏡

琴聲動似風

〈思引〉

暝色繫思頻醉頰
曙光揮淚更愁腸

〈花仙子・一江橋〉

聆風引醉相思弄
臨暮同吟共與歡

貳、心語錄

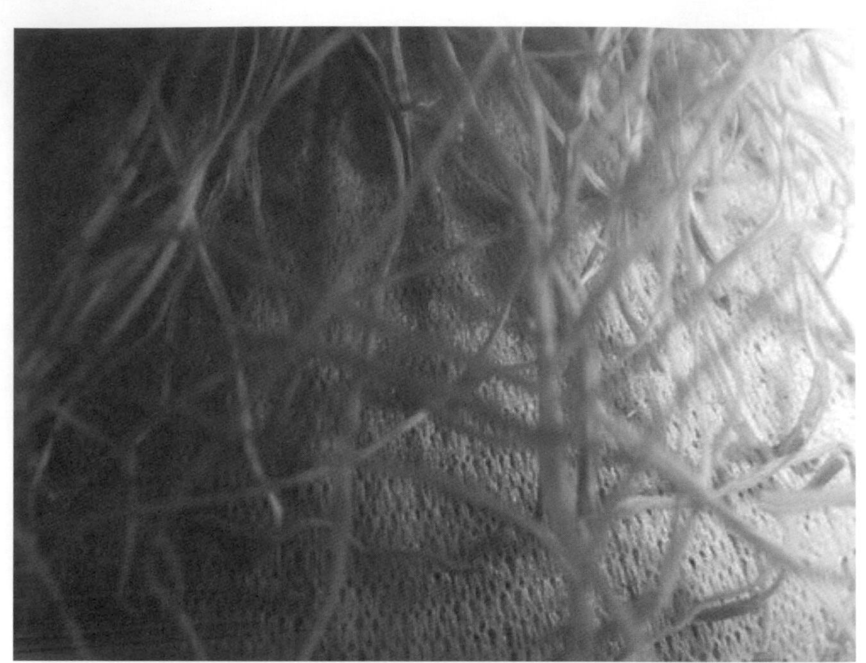

呢喃

〈懷羞〉

記得懷抱大地有我的想
夢裡江南　心有幾許憂
千萬歡　一瞬羞

〈離別難〉

江橋離別亦淒愁，半邊羞，一難休。
衣透風情，嬌媚為懷秋。
戀念黃昏無盡日，雲不語，燕回眸。
沉吟底事水東流，憶憂憂，淚難收。
猶見蒂蓮依舊月如鈎。
翠袖凝飛仙醉戀，天不老，續登樓！

〈十五弦曲〉

漸吹西風　琴心誰共　惆悵依舊
翠袖三弄　塵步怎愁　空恨凌波
十五語情　藝攏消瘦　碧雲常空

〈沫吻〉

思戀眼落荷
衣錦緞與綠湖融成一色
迎向淡淡夜風
以沫吻掀開神秘的戀痕

〈明月天涯〉

月眉初升　照不透眼裡迷亂
晚風過往　揮不去我的思念
天南地北　悄然點亮心的燈
晨喚世間的美　漂跡天涯不忍魚哭
雨下淚纏繞著波濤　勾勒溫柔似這幽靜的歲月

〈風雲撥湧〉

猶記吟嘯西風琶曲
知心還歸細柳三分
默文隱雲　紅塵看似夢寐
銀蟾一輪　思君盼君織女情
約香閨嬌娥描黛一世　永戀一生

〈熾〉

熾熱虛弱的聲息漸微
纏繞燒化的雙影飄落
瞬間蜜色誘人　長睫漾火
飛煙粉嫩的唇　撫過九霄
天空飄著雪　詩人的淚
手提金履鞋　步香階
都是不被祝福
還是願意背負原罪
願意爲愛獨憔悴

〈心〉

略顯急促的呼吸
洩漏了心中的波濤洶湧
陣陣沁涼的林風
益加纜緊懷中親親佳人

〈花伴如風〉

我喜歡這恬靜的夜　呆坐在一塊石頭上
把樹幹當作了椅背　四圍沒有一個人
這甜蜜的月夜使我幻想起一切
我把你書箋慢慢的讀著
花飄似雪飛花輕夢
滿天花絮風伴如花

〈夜未眠〉

直到生命了盡頭　心繫哪堪燕蝶歡
無意怎解悠悠錯　驚覺方知淡淡愁

〈眺情〉

我　始終踩著彩雲飛　遠眺銀河盡頭
我　情把繁星配成偶　迷霧淒冷陰寒
你　愁箭射向心弦月　雲藹重重困囚
你　咽歌熾愛冀雙翩
我……
你……
目送落日　善變人間　誰分南北　蜃樓月夜
愁煙臨擁　再續故念　波心蕩傷　十里夢湮

〈舞踏〉

我來自太虛的舞踏
增添了青春活力的風采
舞蹈與音樂若即若離了我的心

〈雲舞〉

靜心的思索　愛情能不能再次點燃熊熊烈火
淚將牽引著我的愁傷　駕馭我的心
蒼天無盡　塵霧迷濛
細膩觸動隱藏的舊情難捨　我的思我的念！
此刻我潰堤了……
傾訴　給誰
雲　天　舞　無盡之語……

〈深夜沉思〉

疊疊沉沉情感　不睽離的諾言
一絲絲悸動　輾轉難眠
漫波寄語　寒風吹彿
星晨旋掛　遊進魂層
輕風隨處　鍵盤靜靜
敲打我的心

〈今夕何夕〉

今夕何夕　此格人已不在
力藝詩詞　月光光夢魂飄蕩
星辰映水　唯有梧桐知我心
阿無語當自語
秋望比天長
西斜日落殘
一處景闌珊
金柳澆心醉
江雲不與干
無語
你想爲了誰
爲了誰
此情　不悔

〈虛風〉

緊握的夢……雲端恣舞著風
游絲彼此的喘息　牽引雲端的悸動
束縛難奈的羈絆　擁有自由的傷痛
恣意舞的風　你戀的狂
那惆悵　那條無形的地平線
是你跨不過的虹

〈摯〉

你　那首杜鵑題寫的曲　如泣如慕
我　無限的　深摯的愛　撩起心頭無盡的亂
你　似那孤零的鴻雁
我　如同被離分的魂　過痕曦微
晨光依偎的你我

〈燕吟〉

燕吟情意深　燕舞伴淚痕
笑嘆燕清純　燕心夢成真
寄望著一個美的未來
盡心去創造　彷彿無邊星辰
微小的觸發　卻是無盡的等待與思
晨星與彎月　何處相遇相知

〈心網〉

世間人情　冷暖如藝術畫作
但用此心　心讀世界
世心如琴弦　每一個音階　如同你的心網
你想要如何的被網住　也是你自己選擇
世情的一種棲息　人間是否有如苦海
即使苦中作樂　也是你的浪漫
你要不要美麗　你要不要香讚
你要不要熱擁　你可以自己得

〈情舞〉

擁有自由的傷痛
恣意舞的風　你戀的狂
若是哭過的靈魂會說話
我願抹滅　靈魂的深處……
Believe me dear, I love you!
So my heart, my soul are full of you.

〈吻淚〉

今夜　枕上猶有你的味道
床上猶有你的餘溫
傍晚時分　灑下幾點清淚　勿念
不知不覺……無告的悽苦
是吻著我的淚　我的生命我的靈魂……

〈輕千絲語〉

腮頰淚懸輕輕
千絲落愁春秋
襲面已皺年華
短暫卻傷心扉
曉夢初醒之路
瓊樓弦音顫顫
煙雨瀟湘無心
明月皎皎碎肝
嫩稚輕拋吾惱
玉風笛舞漫漫
髮鬢痴絕泊寒
江無惻書斷腸
總怯羞網逐香
隱詩問蜂與蝶
思緒如煙荒涼

執著旋繞透層
雲栓繞迷惑心
飄浪騰龍雷起
寄煙塵思一方

〈夏至〉

在血與淚的交流中
酣睡中
做了一個夢
為何摧殘自己的身體
愛是需要灌溉的
橫在面前的命運　你允許我——
可憐的靈魂　我吶喊著……
竟流下了一顆顆心酸的淚……

〈我愛〉

我愛
我能夠聽出風中早晨甜蜜的囈語
我能夠懂得眞摯世界上所有的眞理與愛情
相聚的時間依然短促
從你神秘的眼角與眉邊　我能夠看到你
凝望你的　也是我癡傻心中永遠的純潔的愛情……
於風中的早晨
我愛
我想把頭兒靠在你的膝上
幻想著你撫我的秀髮
親吻了來自晨暈中的淚

〈戀的靈魂〉

我是一個風中仙子
十年等待　十年孤獨
燈紅酒綠中　聽我一曲琵琶輕訴
花開花謝處　看我一紙潑墨狂舞
我在工作室吐了滿地的憂愁
我怎麼了

〈風中飛絮〉

遠來今世　緣起緣盡不由己　花開花落共白頭
情歸伊人　春暖花開將展翅遠走
美嬌柔夢　變燦爛魂將離
沈魚雁飛　向上天許一個夢　讓人間癡個相思

〈晨傷〉

我　如何割破這創痛的心
神秘的輕煙　悠長的鐘聲
你　陶醉在暮靄襲來的晨
情人的幽思　靈魂銀色的夢
我　踡縮在滿是薰衣的花浪
好似一隻無羈的燕——嬌媚的眼
你　在青青的河畔草
夢憶著並肩相惜的那一幕
幾經思量深處
我含著熱淚　是灼熱的雙頰
祝福爲你——在寂寞中甜美的遐想
你　如影輕風化作渴念的翅翼
祝福爲我——多情擁抱孤獨
勿忘　勿忘　一聲勿忘
泛現一絲微笑　勿忘　一聲勿忘
猶似春風在我耳邊說了柔軟的話

而你我在心靈　心靈的深處
斷腸山又山　章台柳風飛咽
風飛咽　不見呢喃
雙翦燕　柳色如茵
漠漠煙　忘吟文　隱幽幽殿

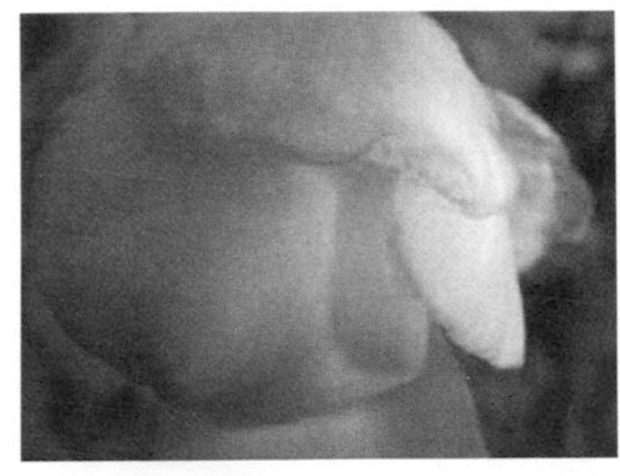

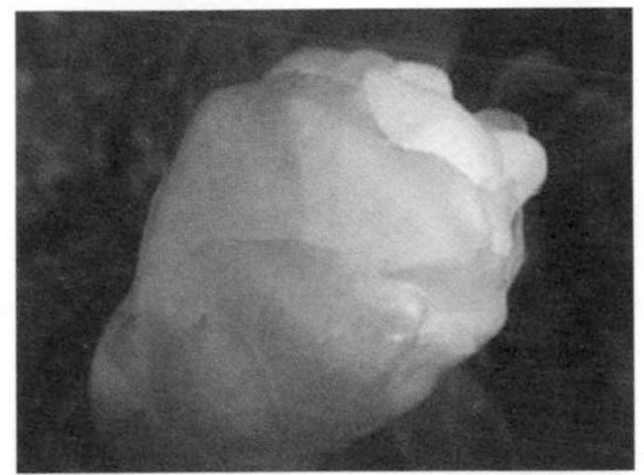

〈靈魂心語〉

今宵的月色是如此的美麗
織心的夢
是如此的倉皇失措
歲月深埋的鳳凰
我用三分文筆寫著詩篇
只爲那一生一世的諾言
那被奪走的靈魂
無數等候的昏月
在屬於四月天的髮香
延續風雪的浪漫
是否和我一樣
不動聲色地
想著你——

〈依盼〉

月光照映
湖面如鏡
耀爍若銀河
我們是置身在人間嗎
船在何處浮泛
凝思著　恐你盼望
我希望吹拂著我的海風
也溫暖的吹送到你的面前
寄語無限的情意
悵望雲天　聽你低訴
依依緊握　煙暮迷離猶似你我難離的晨
恐你念　自摺皺濃翠的叢中
我呼喚親輕——隱隱而去

〈秋落〉

落花碎葉時節總令人語難
窗依在恬靜的月夜
儘想著你
生命的塵吸引了幽情的思
煙般地
爬進了心
秋眼總是引起人們的惆悵
荷動不再已換來楓紅
日暮隱者雲深深盼有情人
潤濕大地蹤跡花語無
蕊心風葉紛飛不知處
漫夜難度銀河關鎖燭心魂
婉轉思絲縷捲風舒雨淚垂紛
千枝意濃秋一點
盡知來葉落時多

霧涼天地踏處迷濛的人生
一端有你
一端有我

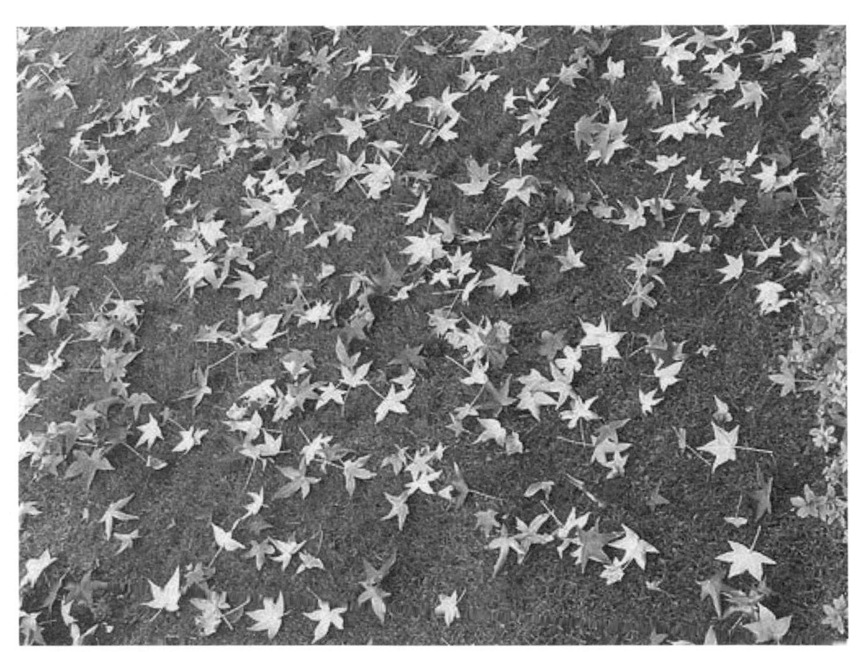

〈今宵〉

時雨落今朝
點滴如潮
庭前一見百花嬌
夢裡卻嫌顏色少
折綠夭夭
子夜記今宵
誰共無聊
夜風吹亂柳絲條
天北地南何處是
春水迢迢
今宵
留給我的是甜蜜的回憶
這甜蜜使我有無限的咀嚼

〈心詩爲你〉

親親吾愛
心靈的歸宿　謹候你的回音
惘然愴然　破裂一般的痛
夢見的就是你　不獨不滅輕地
深怕像青煙一般地幻滅
了去我的生命　我的靈魂
夜靜更殘　爲你寫心詩
一首等待曦微的晨光
盼到一彎孤冷的眉月
彷彿看到一幕異地深情的擁吻
我含著柔淚　跟著我的影
隱入香夢不願醒

〈靈魂心語〉

桂花的芳香
縈迴在靈魂的美麗
難以抑止的心語
請讓我奔放傾吐
寂寞的靈魂
唇的顫
黯淡的燭光下
對著自己的影子
喃喃私語
眼兒媚　思遠人
明月浮波小橋東　吹面柳絲風
彩簫一撚　鳳凰双舞　曲繞雲峰
玉星金盞羅天幕　點點映芙蓉
彩簫復撚　詩吟江夜　水翦秋瞳

〈錦瑟〉

錦瑟無端五十弦　一弦一柱思華年
莊生曉夢迷蝴蝶　望帝春心托杜鵑
滄海月明珠有淚　藍田日暖玉生煙
此情可待成追憶　只是當時已惘然

——李商隱

〈臨風飛舞〉

是風　是雨　是雲　是海　是隱藏深處觸痛了的一個距離
遺落在深邃眸裡的是空白與空白間的寂寞
在彼岸陷入獨孤的是濃的情　蜜的意
心跳的悸動　因著遠離的黃昏銜接著黎明……
漫漫殘影　晨曦的邂逅
在美麗的睫毛裡　臨風飛舞……

子夜記今宵　誰共無聊
夜風吹亂柳絲條　天北地南何處是
春水迢迢
今宵——留給我的是甜蜜的回憶
這甜蜜使我有無限的咀嚼
曉送嬋娟去　風迎旭日來
子夜記今宵　誰共無聊
一輪天心
念

寫了這些，真的需要很大的勇氣。在午夜夢迴獨自挑燈爬格子，那飛舞的睫毛深處是濕潤的……

〈心〉

在現實生活中我是不食人間煙火
長髮披肩*喜歡藝術學習音樂民族舞蹈
今天把吉他從角落拿出來整理調弦
心中有很深的感慨
從不知道現在只能聽著音樂讀著自己的心
嶺雲開
暮更哀

〈旋律〉

總是盼望飛的又高又遠
每個人都有一首屬於自己的歌
不是因爲歌的旋律有多動聽
或歌詞寫的有多美
而是因爲這首歌功頌德在說著妳的故事
每個人都有一個故事
在春夏秋冬裡
似水情
遙隔海

〈極愁〉

奈愁何

桃夭珍重

酣似淚痕逢

蝶戀花

夜間的　詩吟有我嗎

幸運的女郎　修辭的美麗

若這是眞實的情境

我也不再過問　紅塵情事了

願像雨般的聰明

能憨

哭過的靈魂

隨風

〈相愛〉
思思思念念　遠遠遠天邊
眞的是一顆心
便能天涯若咫尺嗎
是盼
欲吟淚先落
忘約顏已慚
要用多少的時間去等待
一輩子夠嗎

〈無言花〉
我討厭寫天堂與地獄
我只不過是你眼中風花雪月的
可憐無言花
我是誰
我是

〈似水情〉

嶺雲開，似水情，蜂蝶花間，偶逢意萬重。
梅梳影，雪霽開，戀戀風塵，聚散相依依……
試著用老夫老妻的心態談一場初相逢的愛情，
自然攜手慢步向前走，愛才會是自然回甘。
等到老了，心也平淡了，再用回憶裡的轟轟烈烈，帶點活力的走向未來。
那時再回首，妳會發覺，原來愛情的濃度，平淡剛好才能調出濃烈幸福的味。

〈似水情．續〉

嶺雲開，似水情，蜂蝶花間，偶逢意萬重。
暮更哀，遙隔海，夜深呢喃，吟月更稠濃。
變淒涼，奈愁何，桃夭珍重，酣似淚痕逢。
昨夜霜，暗淚痕，浮雲夢裡，隨凰輕雲鍾。

過與不及的愛情，總會有人輕易缺席。
希望是較無悔的過往

等待與希望
思
鏡映花緣月　小風何處歇
入秋深滿庭　誰織秦樓闕
疚
窗外已無月　人兒猶未歇
金釵解鳳頭　難赴今時約
卜算子　昨時約
遙望夜雲中　鏡映花緣月
心共靈犀幾處是　落滿深庭葉
金簪鳳頭釵　誰織秦樓闕
晨幾來希懷枕亂　忘赴昨時約

〈柳梢青・今宵〉

子夜今宵，輕愁又擾，心雨如澆。
欲淚先吟，忘思難畫，簾裡人嬌。
千層絳柳煙迢，絮似杳隨風折腰。
十里長亭，一輪夏月，誰與無聊。

每每心醉於今宵樂音的渺
碎的卻是奈落的夜
正如
千層絳雲柳　畫堂何人曉
如是今朝煙　似絮長亭渺
盼我的思能於今宵
沉澱
沉澱
沉澱
沉
澱

〈蝶擁〉

擁
蝴蝶
想影　依風
夙夜絮飛宮　晨朝魂盼虹
七夕情濃　依戀眠夢
意相守　思心中
語共　靈通
相隨
擁
快樂

〈雪〉

若是有來生　來自驚醒的靈魂
是否再次觸痛——
觸痛無悔的時空阻隔
相距的兩岸橫逆的試煉
隱隱撫入心弦摯愛的兩人
凋萎容言的消逝
一償宿願的無語來自心海的鏈
悠遠情長地我將你擁駐漫漫長夜
無邊愁情意戀舊夢
韻含不盡的是殘照無眠
畫魂魂墨東風依舊
那熟悉的陌生想像
愛你之前我一無所有——再次回眸
糾纏的夢幻緊握你的手
喔——

月的光落盡殘紅彷現霞影
親吻玫瑰猶似輕觸你殷紅的唇
萬賴沉寂我的心——
似花間精靈再次甦醒

在po此文時真的很難過，最要好的同學最近發狂似的已休學了。
不知為何一向開朗的她，雙眉深鎖，看她吃什麼吐什麼……天阿……
不發一語？默盼？寞盼伊人？萬般無奈！

〈雨中飄蕩的回憶〉
詞曲：羅林

今夜又下著小雨
小雨它一點一點滴滴
一點點一滴滴它飄來飄去
想去年那場相遇
那天也下著小雨
雨中的你是那樣美麗
我問你是否喜歡和我一起
你笑著無語
那一天這世界是多麼美麗
盡管天上的小雨一點一滴滴
空氣中飄蕩著你那芬芳的氣息
任小雨落在我的頭頂
今夜裏我又站在雨裏

任感情在小雨裏飄來飄去
我問我自己是否還在愛著你
就這樣輕易的放棄
今夜又下著小雨
仿佛又看到你的背影
我想要告訴自己不在愛你
但奈何這滴滴小雨
吉他
今夜裏我又站在雨裏
任感情在小雨裏飄來飄去
我問我自己是否還在愛著你
就這樣輕易的放棄
今夜又下著小雨
仿佛又看到你的背影
我想要告訴自己不在愛你
但奈何這滴滴小雨
但奈何這滴滴小雨

〈味道〉

喜歡把頭埋在你的心窩
聞你淡淡清香
初夏第一朵花開時節
被你雙手緊緊環抱
貼著你柔柔暖暖的身軀
忘不了你深情的眸
忘不了你的溫柔
爲你　我的戀人靠近你
爲你　我愛的人抱緊
風聲中發抖的手輕拂你
我願　一往情深如風月
我願　相守相惜依晨昏
我要輕輕地把手放在你的心上

〈野百合〉
獨放山間桑陌
迎季暗吐顏色
忘飲月流光身透白
五更析雅芳香過客

Hey 真的
很想妳
Hey 十樣花 花十樣
哭過的眼淚
鮮花一朵
明白與愛憐
長夜一江畔
小橋數人心
遠聲聞鳥語
天籟在青林

〈心筆紅顏〉

紅塵擾攘紛紛
幾番黯淡相思
青丹心筆　爲閣茫茫
天涯走遍　纖雨戀風
意濃酸東　野愁凋落
塵映笑顏　雪柳矜一
嘆己意遲　輕絲柔曲
猶豫深邃　瞳眸相思
薄翅殷勤拂水
浮遮三彩　問雁一隅
孤獨斷腸　樽前筆滯
含煙栽焉　解風花月
花海尋芳　天際淚燙
傷幽微顏　吟先花語
傾城願與隱棲同

浮遮三彩　問雁一隅
孤獨斷腸　樽前筆滯
含煙栽焉　解風花月
吟先等你——
天涯同行花之魅
摻了春的淚　落盡了剎那枯萎

〈雪影〉

茫花隨風向搖曳
今夕揮灑流盼凝思
靜的空間灰色的希望漫舞起
無垠追逐無常瞬逝
無限滄桑
我　伴著
雪
影
歸

〈冷魂〉

飄搖
的靈魂
心滴的歡跳
輕憐蜜愛
但這嬌小的身軀
怎載得起幾多愁
傷心和孤寂
更加的熱念
殷殷的期盼
淒涼地分別
奈何天
痛了
愛了
想了
哭了

〈問梅戀〉

今晚的夜色，很美！
獨賞清風明月，
此情此景，如夢似幻，卻只能爲曾經過，
去一切種種不曾的言語。
只獨留……
一張被血染紅，無一字的白紙，
也許在別離的刹那，才懂得失去的蕭瑟。

〈風繫〉

風繫滿辰
我怎麼如此這樣
抓牢了一個妳（你）
冬日嫣梅嶺　雪霜凝白景
疏枝著冷衫　儷鳥呢喃影
我撫望著那風繫著的愛與戀
靜靜的凝想我們一生一世的諾言

〈章台柳・風飛咽〉

風飛咽　風飛咽　不見呢喃雙翦燕
柳色如茵漠漠煙　忘吟文隱幽幽殿

〈章台柳・呢喃燕〉

呢喃燕　呢喃燕　似許春來風眷戀
振羽啣芳一季芬　舞衣攘袂今魂倩
想妳到心痛心碎　一想到妳就想哭
分分秒秒　時時刻刻
縱放了靈魂
爲你
想的是錐心的苦
泣血的甜蜜負擔

〈曾經〉

吻的淚　笑的眉
漾的光　髮的美
將醒未醒　天地許是換了顏色
去秋臨風飛舞　落霞薰紅
似這般　穿著紫衣女郎
長髮飄飄　欲語羞澀的臉
今秋殘影楓紅依舊
一日不見
似這般　楊柳搖拂
我已獨自上了孤寂的旅途
不覺黯然
遲疑
該走了
輕輕的驚醒幽靜的靈魂
遠眺翻飛的浪濤

漩渦
像我
依樣思念遠方的你
黯然銷魂者
唯別而已矣
悵望雲天
念你的心不變

〈向陽花語〉

心開始不再下雪
幸福從心開始
黑眸纏繞著黎明的曙光
綻放七月向陽花啊
凝望深情款款猶似——
含羞　薔薇

〈夢幻薔薇〉

薔薇花開　登度彼岸
再次回眸　維繫眞情
愛慕溫柔　夢幻幽思　靈魂蜜意
是愛的酵母——爲你
好比一隻無羈的鳥——爲你
閃亮了嬌媚的眼
伴著天涯

〈親親，我的愛〉

想起剛認識妳時，眞的很甜美，
喜歡聽你說說話，寫甜甜的話兒給我。
親親，呆呆的我一直在這裡等著你，等你的訊息報平安。
一直等著，半夜在你的格，看著你在聊著天，
心裡酸酸的、想哭的感覺……
不要敲我的頭喔！說我大頭！
因爲那是喜歡你，眞心愛著你，變的頭很大了。
親親阿！你一定也要懂得我喔！
親親，我好想你。你還想我嗎？
我永遠的愛人，懂了嗎？
想的甜甜的、黏黏的愛意，給妳二十四小時的思念。
想妳甜蜜的感覺，
我願卸下微透的羽翼，
投在荷衣的懷裡。
想你，月夜想你，
你的夢中要有我喔！

〈尋〉

在格中停頓了
思念的心　沉吟不語
請告訴我你的歸期
找不到自己
一段過痕

〈花間〉

夜幕已罩
殘陽溜下西牆
像粉般臙脂
甜蜜的香氣
心靈花間震盪

〈找尋一個記憶裡的無憾〉

如果　你僅是虛幻的影像
那我多年的等待和追尋便失去意義
然而　偏偏你又確實存在
於是　我遂因無所觸及你
而陷入更深沉的痛苦與矛盾掙扎中
冥冥中——阻隔在你我之間的
是一面不可抗拒且穿不透的命運之窗
寂靜如死的午後　窗外是柔如棉絮的細雨——
舞一山淨翠　一山空靈
若是他年夜語　言笑西窗
再度憶起這段年少往事
是否　記憶裡將是無憾？

〈今宵〉

靈犀月　千里相絕
似絮長亭
盼我的思能於今宵
沉澱　沉澱　沉澱

〈珠〉

花瓣上的露珠兒潤濕了花心
讓蝶兒在花心裡倘佯
翻絞成濃得化不開的愛意

〈寄梅鳳凰〉

寄花紅
枝頭欲剪梅蹤
愛的鳳凰花微顫抽痛的心
在夜裡輕輕歎問……
有一個繁華似錦　美麗動人的地方
我　一直想來　一直想來
在無言的山丘翩舞隨風枝椏的憂鬱
置身氤氳煙嵐無法呼吸的想望
遠離塵囂屬於仲夏青春的渴念
我是空塵中的影子　可以聆聽妳的哀愁
我的影子染在塵空中　別因它的不存在捨棄了純真的等待
逃開了繁瑣　躲在這裡說話　哭泣……

〈我愛〉

每個日出的晨，風兒輕吹，喚我勾勒於心妳的容顏！
每個日落的夜，月兒淡淡，卻催我入夢數我的想念……

我愛
我能夠聽出風中早晨甜蜜的囈語
我能夠懂得眞摯世界上所有的眞理與愛情
相聚的時間依然短促
從你神秘的眼角與眉邊
我能夠看到你凝望你的
也是我癡傻心中永遠的純潔的愛情

於風中的早晨——我愛
我想把頭兒靠在你的膝上
幻想著你撫我的秀髮
親吻了來自晨暈中的淚

我愛
我能夠聽出風中早晨甜蜜的囈語
我能夠懂得眞摯世界上所有的眞理與愛情
相聚的時間依然短促
從你神秘的眼角與眉邊
我能夠看到你凝望你的
也是我癡傻心中永遠的純潔的愛情

於風中的早晨——我愛
我想把頭兒靠在你的膝上
幻想著你撫我的秀髮
親吻了來自晨暈中的淚

〈疼惜〉

如何愁人愁是非
累到就要拒絕呼吸　爲何
爲何跟我一樣爲那不知愁與淚疼惜的摟著
青湮無奈的甜蜜——
深印的顏不獨不滅更深夜靜——
悲傷的慕凄愁曦微幽會過無痕——
沒有慾境的折痕就不會有哀愁的延伸

〈心苗〉

當我再次回到這格　是難禁的哭了
爲誰潤活了我的心苗？
這嬌小的身軀
沒有理由　要摧殘自己的身體
心靈的歸宿　謹候你的回音

〈忘情〉

疏忽於一種忘情
一步步
向妳催逼

〈風中的早晨〉

日落日出
櫻花淚海
園林乾坤
創作再現
朝如青絲
暮成雪
青鳥飛去
萬古——

〈戀〉
風琴銀竹春來鴻
水調珠花秋去雁

〈戀・一〉
春事正濃　景物如秀
柔情的雙眸嵌在清秀的面孔上
雪白的手　眞性情的流露
洋溢著生命的喜悅

〈戀・二〉
眼睫毛飛舞似蝴蝶兒的翅膀
六月的落日
紅色的地平線一望無際
河畔霎時渲染山巔幾番驟雨
映著了雪白的山茱萸花

〈戀・三〉

粉嫩的桃紅
和著血紅落日照映
點綴著少女思念的情懷
起伏不定　潮來潮往
濕潤了深藏在心房幽暗的陰影
爲你甦醒成爲最閃耀的陽光
神秘呼嘯的聲浪
亦成柔和呢喃的呼喚

〈四個夢〉
聆風引醉相思弄
臨暮同吟共與歡

在月光下
數到第九十九顆星子時
嘗著蜜汁的精靈
跳起了
屬於山谷裡
特有的舞蹈
傳唱著——
愛情的依靠

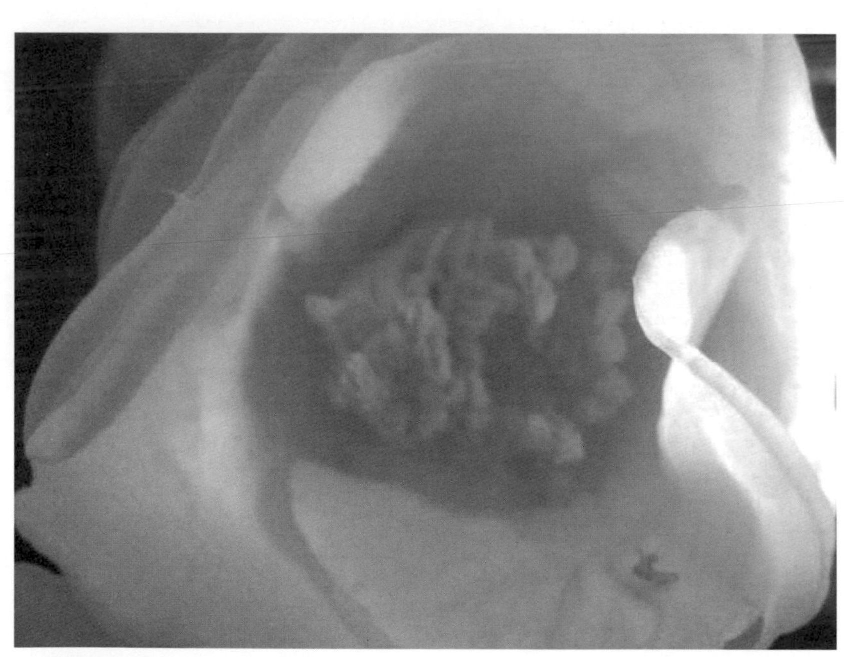

〈有感〉

格海歷經三載餘
雲淡淡風輕輕　不忮不求
我欲騎鶴逍遙遊　不願醉落紅塵
幻作清風　縱使天涯飄零不再淒涼憂文淚
柳雨殘紅琴心閨愁　弦訴寒江迎向朝陽
當我走在長長的紅磚街道上
是溫柔的對待
是溫柔的冷漠
是冷漠的別離
亦是……
從來風雨有時盡　莫為離愁難解心
幾度冬寒又逢春　人生自有喜相尋

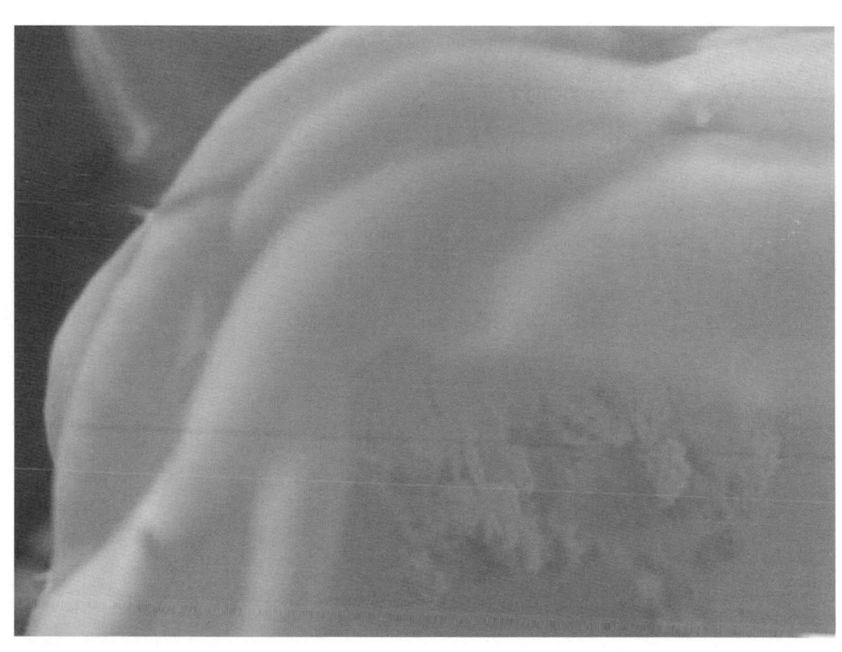

〈雲風〉

錯握
音樂一剎隱沒
驟歇
桃枝剪影隨風
迴哦
雲中誰寄
剪下玫瑰
窗外
雨　投印孤寂

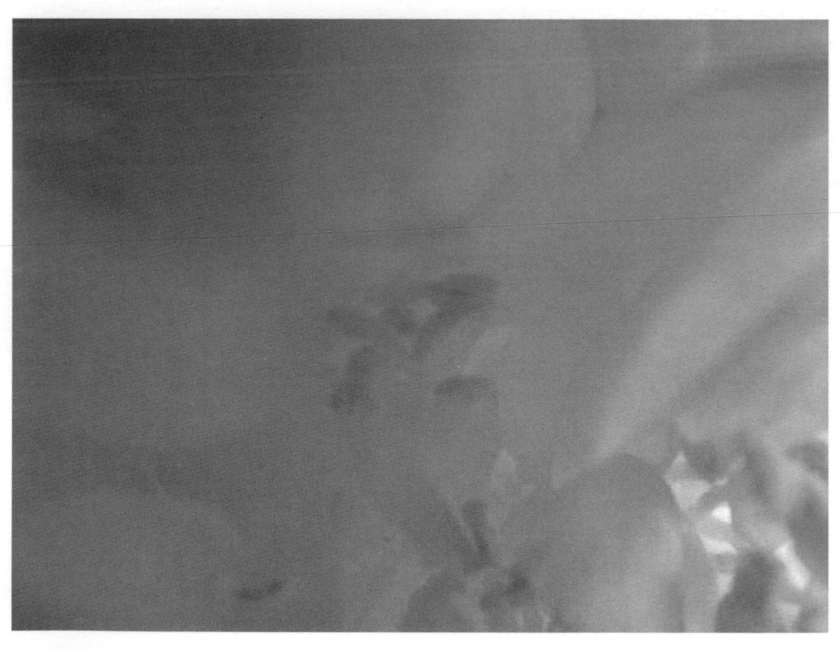

〈繫〉

雲燕歸途　天長地久
反覆追問　曾經意厚君清淚
來自心靈的光　曾有的夢想與希望
我輕輕的呼喚
夢是美的人欣然睡去
夢裡黑白的世界
有花兒幾朵竟是鮮紅有顏色的——
那　就是希望與信心……

〈窗淚〉

窗外的筆停不下來
徘徊的心依舊等待
我的窗已經
輕輕
關
在
千里之外
愛的書房喚不回滴滴的眼淚
款款
喚阿喚阿徬徨的等待
輕呼你的名
默默
不知不覺
文已經關在窗外

〈繫情〉

何處高樓雁一聲……咫尺天涯斷心腸
相思夜長　幾番惆悵
多少夢迴　新詩舊詞
梅疏影　雪霽開　戀戀風塵　聚散相依依……
多愁善感是一把無形的刀　刺痛了我的心

〈仙劍賦〉

琵琶柔情　情更熾
魂似的飄來　輕蝶思語
月夜星空依然
似這般
穿著紫衣女郎
長髮飄飄
欲語羞澀的臉

〈落寞〉

一朵薔薇
溫柔　美麗　純潔
我內心的戀人
星星在天空閃阿閃阿
何時來到你的窗前
月亮是星兒的伴侶
薔薇阿
爲何不見妳
我曾在
雨中
風中
霧裡
苦等著你
365 天的香箋
深怕沒了音訊

〈隱戀〉
秋水含情常慮遠
是風　是雨　是雲　是海
是隱藏深處觸痛了的一個距離
心跳的悸動因著遠離的黃昏銜接著黎明

〈甘願〉
攜手緣遊小徑行　忘情隨聽鳥啼鳴
早秋山景　飛漫柳煙亭
花染伊人同一色　意長魂蕩若含英
雨紛身濕　寧與待天晴
凝眸一瞬　佇足千年
嗯　甘願……
枝上有黃鸝
雙雙不獨棲
晨昏相與共
比翼見靈犀

〈浮雲〉

你是朵無憂無慮自由自在的閒雲　我不是
你是輕輕鬆鬆一路隨風　我不是
你是心情放空寫照生活　我不是
你是想望飛翔乘風的雲　我不是
那遼闊草原和幽幽盼情的柔軟
發紅而潺潺流水不息
實現擬境想望……
等待春風的山谷　那日日夜夜哭笑
等待歸人憐惜　塞滿壓擠的岩壁
躲藏在理性背後　來自幽深黑暗面的另一個自我
艷羨那幾乎再也無法企及的遙遠的夢……
今生就算如此斷送　在看不見的未來日子裡
無法自拔也難回
天搖晃　在雨水低窪處一閃一天……
我根本就無法承受的了如此的憂傷

吟先　我像個木偶
已經失去嚎啕大哭的勇氣
任憑潮濕的寂寞鋪展在夜晚
開放在綢面上的枕上
我靠著它　抱著它
猶如懷抱著救命索

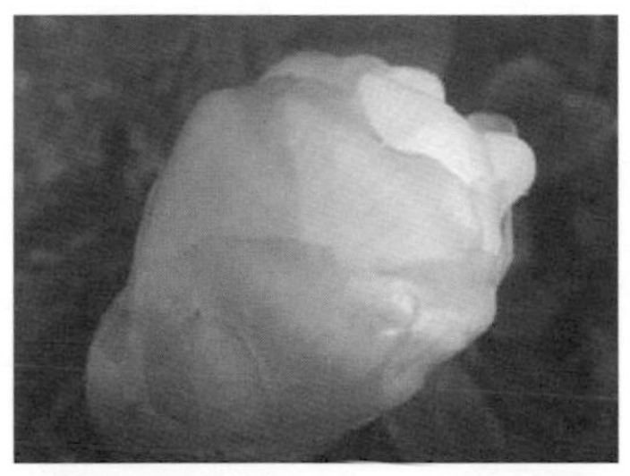

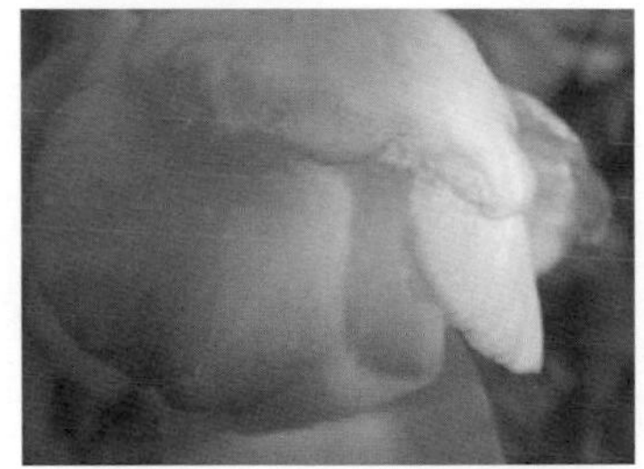

〈蝶戀花〉

拂來冬風夾細雨　寒去春望說晴光
吟先　仰望　星淚如光俯看
衷曲款款　風來的時候正值冰天
那躲於花間的仙子　難以啓齒的意
猶似裹著厚重的大氅　看不出內心的寂
眷戀與學習如何付出　接受　互信的約定
蝶戀花
蝶戀花此生永不渝　他生長相憶　拂來冬風夾細雨
寒去春望說晴光　晨曉露滴曦中蕊　落花流水皆文章
蝶戀花
蝶戀花笑爲誰穿紗　哭爲誰削髮　飄逸別忘唇蜜柔
枷鎖還似緞綢　秋去冬來　昨夜星辰
昨夜風訴說著流星的故事　寄情銀杏
飄落的是昨夜底風信子
無由梅霜弄紛雪　一輪明月亙古心

蝶戀花

蝶戀花生為誰開花　死為誰蝶化
經過了藝術的生涯　我相信人生的里程會更為成長
那是夢想與希望在有限的空間中　表達無限的意境
到底可以舒發多少……
默默的遙望明月　想望著今生來世

〈蝶戀花〉

庭院深深深幾許。
楊柳堆煙，簾幕無重數。
玉勒雕鞍遊冶處。
樓高不見章臺路。
雨橫風狂三月暮。
門掩黃昏，無計留春住。
淚眼問花花不語。
亂紅飛過鞦韆去。

——歐陽修

〈美夢〉

畢竟已快夏天了，夕陽也多了些光芒，
還是喜歡在晚色中玩賞的、靜靜的寫著屬於自己小世界的詩——是「無名詩」吧！
懵懵懂懂，似懂非懂的踩著輕慢的腳步，步行在無塵無煙的松林間。
鮮豔般臙脂的斜陽，溜過了西牆，悠悠的、小鳥的嘴尖，在密葉間忽隱忽現。
烏秋唱和著、白頭翁雀躍著、綠繡眼上上下下，像是風箏悠遊的起盪著。
有的在樹間跳躍、有的在芒花上輕點、有的在竹葉片裡拼命的啄食，是一幅美麗鳥園的觀賞圖。
而你，總是讓我獨自的在這無名的鄉鎮；
我與生命的靈魂，懷著思念的腳步，對著熊熊的烈火，夜未眠……
不同的鳴叫聲，有的清脆悅耳，如梆笛高亮的脆音；
有的是鋼琴高八度的切點音，隨風的颯颯聲，彷彿國樂《陽明春曉》，
梆笛、鋼琴與二胡的三重協奏曲，既美妙又舒心。
夜暮低垂，隨著愛的羅曼史，我，依著循著美麗的香夢，在火焰上出現了一個你——
窗外的綠繡眼，像是給我滿懷的遐想，
紅的葡萄酒斟得滿杯，高高的舉起，互道：晚安珍重！
啵！一聲，我自美夢中驚醒——常幻想我擁入懷的，原來是我自己。

無題

海上升明月　天涯共此時
情人怨遥夜　竟夕起相思

吻淚——若是憶起靈魂的深處我願再次提筆不願哭泣……

天可老
海能翻
一生一世永不移

在有限的光陰如何進入無限的空間
在空白與空白間存著一思思的聯繫
當煙消雲散時
請記得曾經停駐……
月光森林有我的夢想與希望盼望

一瞬思念即爲永恆

鳳凰双舞
鴛鴦意長有情天地
何相思揭
一場美麗夏夜的偶遇
卻是心靈久久不能平復的悸動
無法消逝的是對你的思念

快樂與開心
寄託與支持
溫柔對待

扁舟歸去
蝶夢絲雨撥弄劍心
茫霧悽迷　是誰蝶葬
仙凡的戀　是誰淚灑
纏綿的思

舞墨

鶴舞　夜鶴風枝舞春
魚水草眠
何處　何處來時路
懷抱　懷抱醉多少
依舊荷月風繞

輕柔戀戀　月靈犀
枕畔今宵　影更低
誰把春水催寒　誰把綠葉吹斷
或許即將沉入海面的夕陽餘暉
才是日薄西山回首的瑰麗
大自然之美
永遠是寫不盡的瑰寶
眼淚開始窺探了夏之語
嗯　春的眷
留君歸何處……
嗯　風中雨的哭泣知否
嗯　春的眷
留君歸何處……

風
清影
著我扁舟一葉
雨
淚是濕的
你在哪裡
隨風
輕送
我好想妳

長夜一江尋
小橋飛葉心
遠聲聞鳥語
天籟在青林

1314 朵
夠不夠

窗
扣
透
親
送
愛你
戒不了
來不及

雨
詩叩
我的心

子夜記今宵
誰共無聊
夜風吹亂柳絲條
天北地南何處是

國家圖書館出版品預行編目資料

吟先詩集／吟先 著. — 初版 — 臺中市：白象文化，民 100.11
面： 公分
ISBN 978-986-6047-54-1（精裝）

851.486 100020998

吟先詩集

 定價：二五〇元

作　　者：吟先
校　　對：吟先
編輯排版：黃麗穎
出版發行：白象文化事業有限公司
發 行 人：張輝潭
電話：04-22652939 傳眞：04-22651171
地址：台中市南區美村路二段 392 號
E-mail：press.store@msa.hinet.net
網址：www.elephantwhite.com.tw
經銷代理：白象文化事業有限公司
印　　製：普羅文化出版廣告事業

出版日期：2011 年（民 100）十一月初版一刷